Fun! Fun!
Korean

高麗大學
韓國語
①

高麗大學韓國語文化教育中心　編著

朴炳善博士 陳慶智博士　翻譯、審訂

前言 머리말

한국어는 사용 인구면에서 세계 10대 언어에 속하는 주요 언어로, 지금도 많은 사람들이 세계 곳곳에서 한국어를 배우고 있습니다. 이러한 한국어 학습 열기는 국제 사회에서 한국의 위상이 높아짐에 따라 앞으로 더욱 뜨거워질 것으로 전망합니다.

고려대학교 한국어문화교육센터는 설립 이래 20여 년간 다양한 학습자를 대상으로 한국어와 한국 문화를 교육해 왔으며, 체계적이고 효율적인 교수 방법으로 세계적으로 정평이 나 있습니다. 그리고 그동안 학습자에 따른 맞춤형 교육을 실시해 오면서 다양한 한국어 교재를 개발해 왔습니다.

이 교재는 한국어문화교육센터가 그동안 쌓아 온 연구와 교육의 성과를 바탕으로 개발한 것입니다. 이 교재의 가장 큰 특징은 한국어 구조에 대한 이해와 다양한 말하기 연습을 바탕으로 학습자 스스로 의사소통 활동을 할 수 있도록 구성했다는 점입니다. 이 교재를 통해 학습자는 다양한 의사소통 상황에서 성공적인 한국어 의사소통을 할 수 있는 능력을 기르게 될 것입니다.

이 교재가 나오기까지 참으로 많은 분들의 정성과 노력이 있었습니다. 무엇보다도 밤낮으로 고민하고 연구하면서 최고의 교재를 개발하느라 고생하신 저자들께 감사를 드립니다. 또한 고려대학교의 모든 한국어 선생님들께도 깊은 감사를 드립니다. 이분들의 교육과 연구에 대한 열정과 헌신적인 노력이 없었다면 이 교재의 개발은 불가능했을 것입니다. 이 선생님들의 교육 방법론과 강의안 하나하나가 이 교재를 개발하는 데 훌륭한 기초 자료가 되었습니다. 이 외에도 이 책이 보다 좋은 모습을 갖출 수 있도록 도와 주신 번역자를 비롯해 편집자, 삽화가, 사진 작가들께 감사를 드립니다. 또한 한국어 교육에 관심과 애정을 가지고 이렇듯 훌륭한 교재를 출간해 주신 교보문고에도 큰 감사를 드립니다.

부디 이 책이 여러분의 한국어 학습에 큰 도움이 되기를 바라며, 한국어 교육의 발전에 새로운 이정표가 될 수 있기를 바랍니다.

2008년 1월

국제어학원장 김기호

韓語就使用人口層面而言屬世界十大主要語言，現在也有很多人在世界各地學習韓語。這股韓語學習風潮隨著韓國國際地位的提升，放眼未來將會更加發光發熱。

自高麗大學韓國語文化教育中心設立20多年來，以來自不同背景的學習者為對象，教授韓語與韓國文化，以有系統、有效率的教學方法廣受國際一致好評。同時隨著這段期間因應不同學習者而施行的個別教學法，開發了各式各樣的韓語教材。

本教材是以韓國語文化教育中心這段期間累積下來的研究與教育成果為基礎所開發。它最大的特色在於為了讓學習者達到溝通無礙，透過了解韓語結構及豐富多元的口頭練習作為基礎所構成。藉由這套教材培養溝通能力，讓學習者能因應各種情況隨心所欲地以韓語表達自己的想法。

多虧諸位人士的熱誠與努力，這套教材才得以問世。首先得感謝終日苦思、研究，為了開發最佳教材而勞心勞力的作者們，以及向高麗大學的所有韓語老師致上深深的謝意。如果沒有這群人對教育與研究投注的熱誠與奉獻精神，就不可能開發出這套教材。這群老師的教育方法論與授課中的一切成了開發這套教材時的最佳第一手資料。此外，也謝謝譯者、編輯、插畫家及攝影師們的協助，為本書更增添了不少可看性。同時也對關注、關愛韓語教育，為我們出版如此優秀教材的教保文庫表達無限感激。（註：原書在韓國為教保文庫出版。）

由衷希望本書能對各位在韓語學習上有所幫助，也期盼本書能成為韓語教育發展上新的里程碑。

2008年1月
國際語學院長 金基浩

凡例 일러두기

概要

　　《高麗大學韓國語Ⅰ》是為了讓具備初級水準的學習者能夠更加簡單且有趣地學習韓文所編著的。本文的組成是以日常生活的相關資料為主，這讓學習者能夠更加熟悉在日常生活中必需且有用的主題與表現，特別是在日常生活中可以有效地傳達自己的想法。此外，本文並非只是以文法概念、結構，以及單純的語彙解釋所構成，而是以有趣且多樣的口說活動組成。透過這些活動，韓語學習者在實際生活中便能在不知不覺間，自然地表達出自己的想法。

目標

・培養自我介紹、購物等基本的日常會話能力
・理解並表現介紹自己、家人、日常活動等日常生活中的基礎內容
・藉由熟悉基本語彙、表現、發音等，以便在日常生活中能夠提問及回答
・理解並且熟悉以個人主題所構成的對話
・瞭解韓語及其基礎構造，並能以文章表現自己的想法；讀完簡單的文章內容後，能夠充分理解。

單元結構

　　《高麗大學韓國語Ⅰ》是以入門單元以及15個主單元所組成。入門單元隨著字音與字形的日益熟悉，利用說明與練習題讓學習者瞭解韓語是如何讀與寫。剩下的15個主單元則把焦點放在韓國生活中學生可能會遇到的各種實際情況。各單元的結構如下：

目標 ▶	引言 ▶	對話 & 敘述 ▶	口說練習 ▶	活動 ▶	文法
	圖片 暖身題	對話一 對話二 敘述	語彙 文法 發音	聽力 口說 閱讀 寫作 文化 自我評價	

目標
藉由詳細說明整體的單元目標及內容（主題、功能、活動、語彙、文法、發音、文化），讓學生在學習前就可以了解各單元的目標以及內容。

引言

提示與單元主題相關的照片，在下方包含若干提問。透過這些提問以及照片，學生可以事先思考單元的主題，以做好學習的準備。

對話 & 敘述

這部分是為了讓學生們能在單元學習結束後正式運用的對話範例，包含了兩個對話和一個敘述。學生們不僅能夠透過範例瞭解單元目標，更可進一步知道仔細的事項。

新語彙

藉由範例旁生字與表現的意義說明，讓學生們可以更理解對話以及敘述的內容。

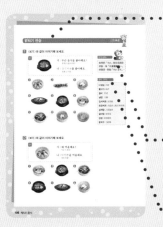

口說練習

這部分為練習以及文法、語彙的複習，以便讓學生們學習單元主題所列舉的口說技巧，並且實際使用。練習題並非平凡的練習題型，而是以實際會使用到的形態讓學生們能親自熟悉語彙與文法。

語言提點

這一部分是在需要特別說明時，針對特定的表現以及其意義做深度地解釋。

語彙

為了讓學生們能夠更輕易地學習生字，因此附上即時的說明，並且在語彙的練習旁，將必須學習的生字依照意義做出項目的分類。（舉例來說，如與飲食／職業相關的語彙）

發音

提示出必須區別清楚的發音。為了讓學生可以更加準確地發音，簡單地說明發音的方法，並舉出一些可練習的單字或句子。

活動

這一部分著重於實際對話的狀況。因此將使用在口說練習階段中學到的文法與表現，完成聽力、口說、書寫、閱讀等實用的項目。

聽力

這一部分是用來提升學生的聽力。以語彙聽力、句子聽力、本文聽力的順序組成。因此學生可以很自然地理解長篇的本文。

口說

這一部分是用來提升學生的口說能力。主要是以現實生活中可能會遇到的情況或相關的內容所組成。除了對話之外，也會讓學生練習口頭報告時的語氣。

閱讀

這一部分是用來提升學生的閱讀能力。因為挑選的本文都是學習者實際生活當中會遇到的情況，所以在本文的種類以及內容的理解上，將能更有效地進行閱讀練習。

寫作

這一部分是用來提升學生的寫作能力，能讓學生們書寫實際生活中會用到的文章。根據本文的主題以及種類，對於學生們培養有效的寫作能力將有很大助益。

自我評價

在這一部分提示出讓學生們可以檢測學習成果的自我評價表。學生們不僅可以確認自己的學習量以及缺點，也可以檢視各單元必須學習的內容和自己必須專注學習的部分。

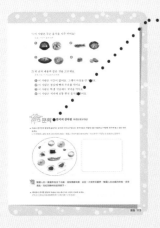

文化

這一部分將介紹與各課主題相關的韓國文化。以韓國文化的理解為基礎，學生們將會更加理解韓語，也可以更自然地使用韓語。在介紹韓國文化的單元，並不只是單純地傳達韓國文化，而是藉由與其他學生互動的過程來學習對方的文化。

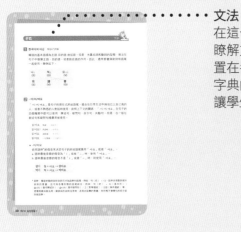

文法

在這一部分，因為具備了各單元的文法說明與例句，所以將能使學生更加瞭解文法。此外，因為這部分是以課堂時所學習的項目所組成的，所以放置在各單元的最後，讓學生獨自學習時可以很輕易地找到，也可作為文法字典的功用。作為文法練習中的一環，例句中的最後兩個句子設有空格，讓學生能將學過的文法填上。

聽力腳本

這一部分提示聽力活動的所有腳本。

正確解答

這一部分提示聽力活動以及閱讀活動的解答。

索引

按照韓國文字「가나다」的順序整理出教科書中出現的所有單字及其意義，並且標示詳細說明所在的頁數。

熟悉韓國文字 한글 익히기

1. 韓國的語言與文字

　　韓語在韓國大約有四千五百萬名、在北韓約有三千萬名、海外居住者約有六百萬名左右的使用者。在世界所有語言中，韓語的使用人數位居第九名。被稱作Han-geul的韓國文字是在西元1443年由世宗大王所發明的。而韓國文字原來的名稱為訓民正音，意思是「教導百姓正確的聲音」。

　　韓國文字是根據字的實際聲音所創制的。因此無論是誰，只要投資幾個小時，就能念以及書寫韓國文字。再加上，韓國文字是以科學的原理為基礎而創造出來的，因此被列為世界上最具科學性以及創意性的文字之一。

　　韓國文字是韓國最受寵愛的文化遺產之一，因此訓民正音被指定為第70號國寶，且為了紀念頒布韓國文字的日子，十月九號被訂定為韓國文字節。不只如此，聯合國教科文組織發給打擊文盲有功的人世宗大王獎，並把訓民正音登載為世界記憶遺產。

2. 韓國文字的原理

母音

母音是以天、地、人的模樣為基礎。

·	天(天是圓的)
ㅡ	地(地是平的)
ㅣ	人(人是直立的)

母音是結合以上三種模樣而創制的。

ㅏ	ㅑ	ㅓ	ㅕ
ㅗ	ㅛ	ㅜ	ㅠ

· 子音

子音是以發音器官的形狀為基礎。

ㄱ ㄴ ㅁ ㅅ ㅇ

其他子音為添加一劃或一劃以上的線條所創制的。

ㄱ	→	ㅋ
ㄴ	→	ㄷ ㅌ ㄹ
ㅁ	→	ㅂ ㅍ
ㅅ	→	ㅈ ㅊ
ㅇ	→	ㅎ

＊訓民正音一開始發明的時候，還多了四個（·、ㅿ、ㆆ、ㆁ）現今不再使用的文字。

10

3. 韓國文字的名稱和發音

3.1 母音 ──────────────────────────────── CD1. track 1

以下是10個基本母音的名稱和發音

母音	名稱	音價	筆順	練習		
ㅏ	아	[a]	ㅣ ㅏ			
ㅑ	야	[ja]	ㅣ ㅏ ㅑ			
ㅓ	어	[ʌ]	- ㅓ			
ㅕ	여	[jʌ]	- = ㅕ			
ㅗ	오	[o]	ㅣ ㅗ			
ㅛ	요	[jo]	ㅣ ㅢ ㅛ			
ㅜ	우	[u]	― ㅜ			
ㅠ	유	[ju]	― ㅜ ㅠ			
―	으	[ɯ]	―			
ㅣ	이	[i]	ㅣ			

由2個以上的基本母音結合而成的母音共有11個，其名稱和發音如下。

母音	名稱	音價	筆順	練習		
ㅐ	애	[ɛ]	ㅣ ㅏ ㅐ			
ㅔ	에	[e]	- ㅓ ㅔ			
ㅒ	얘	[jɛ]	ㅣ ㅏ ㅑ ㅒ			
ㅖ	예	[je]	- = ㅕ ㅖ			
ㅘ	와	[wa]	ㅣ ㅗ ㅚ ㅘ			
ㅙ	왜	[wɛ]	ㅣ ㅗ ㅚ ㅘ ㅙ			
ㅚ	외	[ø/wɛ]	ㅣ ㅗ ㅚ			
ㅝ	워	[wʌ]	― ㅜ ㅜ ㅝ			
ㅞ	웨	[we]	― ㅜ ㅜ ㅝ ㅞ			
ㅟ	위	[y/wi]	― ㅜ ㅟ			
ㅢ	의	[ɯi]	― ㅢ			

以下是14個子音的名稱和發音。

子音	名稱	音價	筆順		練習		
ㄱ	기역	[k/g]	ㄱ				
ㄴ	니은	[n]	ㄴ				
ㄷ	디귿	[t/d]	ㅡ ㄷ				
ㄹ	리을	[l/ɾ]	ㄱ ㄱ ㄹ				
ㅁ	미음	[m]	ㅣ ㅁ ㅁ				
ㅂ	비읍	[p/b]	ㅣ ㅐ ㅐ ㅂ				
ㅅ	시옷	[s/ɕ]	ノ ㅅ				
ㅇ	이응	[ŋ]	ㅇ				
ㅈ	지읒	[tɕ]	ㅜ ㅈ				
ㅊ	치읓	[tɕʰ]	ˊ ㅜ ㅊ				
ㅋ	키읔	[kʰ]	ㄱ ㅋ				
ㅌ	티읕	[tʰ]	ㅡ ㅌ ㅌ				
ㅍ	피읖	[pʰ]	ㅡ ㅜ ㅠ ㅍ				
ㅎ	히읗	[h]	ˊ ㅗ ㅎ				

所謂的雙重子音，是由兩個相同的基本子音結合而成的，數量共有5個，其名稱和發音如下。

子音	名稱	音價	筆順		練習		
ㄲ	쌍기역	[k*]	ㄱ ㄲ				
ㄸ	쌍디귿	[t*]	ㄷ ㄸ ㄸ				
ㅃ	쌍비읍	[p*]	ㅂ ㅐ ㅐㅣ ㅃ ㅃ				
ㅆ	쌍시옷	[s*]	ㅅ ㅅ ㅆ				
ㅉ	쌍지읒	[tɕ*]	ㅈ ㅈ ㅉ				

4. 音節結構

以下是對韓語音節結構的説明。

· 母音

아、어、오、우、으、이、와、워、의

＊ 在只有母音組成的音節時，雖然「ㅇ」位在母音之前，但卻不具音價。

· 子音－母音

가、너、도、무、비、수、차、코、표、해

· 母音－子音

역、안、엄、울、입、앙、앞

· 子音－母音－子音

산、물、강、봄、꽃、끝

5. 讀讀看

5.1 母音

讀讀看	
ㅏ : 아버지, 나무, 바다, 산, 창문	ㅐ : 애기, 노래, 찌개, 선생님, 은행
ㅑ : 야구, 야채, 고양이, 성냥, 향수	ㅔ : 가게, 네, 세수, 제주도
ㅓ : 어머니, 머리, 아저씨, 건강, 선물	ㅒ : 얘기, 얘, 걔, 쟤
ㅕ : 여자, 여우, 소녀, 병원, 안녕하세요	ㅖ : 예, 예의, 차례, 시계, 세계
ㅗ : 오리, 노래, 모자, 손, 운동	ㅘ : 와, 과자, 사과, 왕, 환자
ㅛ : 요리, 우표, 교회, 묘지, 효자	ㅙ : 왜, 인쇄, 꽹과리, 돼지, 햇불
ㅜ : 우유, 누나, 구두, 문, 지붕	ㅚ : 외투, 외가, 회사, 죄, 굉장히
ㅠ : 유리, 서류, 휴지, 귤, 율무차	ㅝ : 더워요, 추워요, 훨씬, 원래, 권투
ㅡ : 그네, 며느리, 쓰레기, 음악, 이름	ㅞ : 웬일, 웨이터, 궤도, 꿰매요, 훼방
ㅣ : 이마, 미소, 시계, 인사, 친구	ㅟ : 위, 귀, 뒤, 쥐, 바퀴
	ㅢ : 의사, 의자, 의미, 의지, 의견

讀讀看

ㄱ : 가수, 고래, 기차, 아기, 너구리	ㅋ : 코, 키, 커피, 조카, 소쿠리
ㄴ : 나무, 노래, 누나, 네모, 아내	ㅌ : 타조, 토끼, 투수, 사투리, 봉투
ㄷ : 다리, 도시, 두더지, 구두, 아들	ㅍ : 파도, 포도, 풀, 소포, 남편
ㄹ : 라면, 로봇, 나라, 소리, 여름	ㅎ : 하나, 하늘, 호수, 해, 한국
ㅁ : 마음, 모자, 무지개, 어머니, 미술	ㄲ : 까치, 꼬리, 새끼, 뚜껑, 어깨
ㅂ : 바지, 배, 부자, 아버지, 봄	ㄸ : 때, 귀뚜라미, 딸, 떡, 땅콩
ㅅ : 사자, 소나기, 서울, 부산, 교실	ㅃ : 뻐꾸기, 뿌리, 아빠, 기쁨, 이빨
ㅇ : 아기, 오빠, 우리, 새우, 안경	ㅆ : 싸요, 씨앗, 이쑤시개, 아저씨, 쓰레기
ㅈ : 자유, 주머니, 지우개, 제주도, 시장	ㅉ : 짜요, 찌개, 날짜, 가짜, 쫄면
ㅊ : 차비, 초, 치마, 마차, 위치	

5.3 位於音節最後的子音   CD1. track 6

以下是子音位於音節最後時的發音。

音節最後的子音	音價	單字
ㄱ	[k]	악수, 저녁, 학교, 식당
ㅋ		부엌
ㄴ	[n]	안, 문, 손, 인사
ㄷ	[t]	듣다, 믿다
ㅅ		옷, 빗, 웃다
ㅈ		낮, 잊다
ㅊ		꽃, 빛
ㅌ		끝, 밑, 밭
ㅎ		히읗
ㄹ	[l]	말, 가을, 할머니, 아들
ㅁ	[m]	몸, 김치, 감자, 선생님
ㅂ	[p]	입, 밥, 집, 좁다
ㅍ		앞, 옆, 숲
ㅇ	[ŋ]	강, 시장, 학생, 안경

一個音節如果是以子音結尾，而後方的音節又剛好是以母音開頭時，前一個音節的結尾子音（終聲）會成為後一個音節的初始子音（初聲）來發音。

한국어 [한구거]	음악 [으막]	산에 [사네]
꽃을 [꼬츨]	웃어요 [우서요]	읽어요 [일거요]

讀讀看

저는 한국어를 배워요.	여기에 앉으세요.
저는 서울에 살아요.	학교 앞에 서점이 있어요.
아침에 신문을 봐요.	시장에서 과일을 샀어요.
집에서 책을 읽어요.	꽃이 예뻐요.
이 옷을 입으세요.	낮에 회사에서 일해요.
음악을 들어요.	책상 밑에 가방이 있어요.

目次 차례

教材結構 교재 구성

單元	主題	功能	語彙	文法
1 자기소개	打招呼	• 互相打招呼 • 自我介紹	• 國家 • 職業	• -이에요/예요 • -은/는
2 일상생활 I	日常生活	• 表現日常的活動	• 場所 • 動作 • 物品	韓語的語順 • -아/어/여요 • -을/를 • -에 가다
3 물건 사기	購物	• 在商店買東西，詢問 物品的價格	• 超級市場的物品 • 數字	• -(으)세요 • -하고, -와/과 • 數量詞
4 일상생활 II	日常生活	• 談論過去的事件和日 常工作	• 時間（時 / 分） • 一天的日常作息	• -았/었/였어요 • 안 • -에（時間） • -에서
5 위치	位置	• 說明物品和場所的位 置 • 問路 • 指路	• 場所 • 房間 / 學校裡的東西 • 位置 • 方向 • 移動	• -이/가 • -에 있다/없다 • -(으)로 가다
6 음식	食物	• 談論自己喜歡的食物 • 點餐 • 提議	• 食物 • 味道	• -(으)ㄹ래요 • -아/어/여요（提議的語尾） • -(으)러 가다
7 약속	約定	• 做約定 • 提議 • 說明計畫	• 星期幾 • 月 • 與約定相關的表現	• -(으)ㄹ 것이다 • -(으)ㄹ까요 • -고 싶다
8 날씨	天氣	• 描述季節 • 描述天氣 • 說明理由	• 季節 • 天氣 • 與天氣相關的表現	• -고 • -아/어/여서（理由） • -지요 • ㅂ불규칙（ㅂ不規則變化）

活動	發音	文化
・聆聽兩人第一次見面時的對話 ・向第一次見面的人介紹自己的名字、國籍和職業 ・理解名片的內容、閱讀自我介紹信 ・書寫自我介紹信	連音	韓國人打招呼時的禮儀
・聆聽有關活動以及場所的對話 ・尋找要和自己去相同場所的朋友、詢問今天的計畫 ・閱讀標誌和招牌、閱讀有關場所和活動練習的文章 ・書寫有關場所和活動練習的文章	提問以及回答時的語調	韓國人的問候語
・聆聽店員和顧客的對話 ・在商店裡買東西 ・閱讀收據 ・製作購物清單	母音ㅏ和ㅗ	韓國的貨幣
・聆聽有關當日工作的對話 ・談論日常的工作 ・閱讀有關日常工作的文句 ・書寫昨天和今天所做的事情	ㅂ和ㅃ	時間與住址的寫法
・聆聽有關問路和回答的對話 ・詢問如何去到目的地 ・閱讀有關方向的文句 ・書寫有關方向的文句	位於音節最後的子音ㅁ、ㄴ、ㅇ	感謝&道歉
・聆聽餐廳裡的對話 ・詢問別人在餐廳要點些什麼東西吃 ・讀懂菜單、閱讀某人陳述自己喜歡食物的文章 ・書寫飲食習慣以及自己喜歡的食物	wh問句和yes-no問句的語調	韓國的餐桌擺設
・聆聽有關約定的對話 ・提議和做約定 ・閱讀有關約定提議的文章 ・書寫為了約定的文章	位在音節最後的ㄹ	「생각해보겠습니다」的意義
・聆聽有關天氣和自己喜歡季節的對話 ・述說自己喜歡的季節 ・閱讀一段介紹韓國季節的文章 ・書寫有關自己國家季節的文章	ㅎ的三種發音	韓國的季節與天氣

單元	主題	功能	語彙	文法
9 주말 활동	週末活動	• 表現週末活動和計畫 • 提問並回答相關經驗 • 提議	• 週末活動 • 時間 • 場所	• -(으)려고 하다 • -에 가서 • -아/어/여 보다
10 교통	交通	• 理解交通 • 談論交通	• 交通工具	• -아/어/여야 되다/하다 • -에서, -까지
11 전화	電話	• 接打電話	• 電話號碼 • 與電話使用相關的 表現	• -아/어/여 주세요 • -(으)ㄹ 것이다 • -(으)ㄹ게요
12 취미	興趣	• 談論興趣和經驗	• 興趣 • 運動 • 與頻率相關的表現	• -는 것 • 못 • -보다 • -에
13 가족	家人	• 介紹自己的家族成員 • 使用正確的敬語詢問 以及回答問題	• 家人 • 敬語	• -(으)시- • 敬語助詞、敬語語彙 • -께서, -께서는, -께 • -의

14
우체국
·
은행
	郵局、銀行	• 在公共場合以適當的
		  方法說話
		• 在郵局寄送包裹或者
		  信件
		• 在銀行換錢和開戶
			• 在郵局和銀行做的
			  事
			• 與郵局和銀行相關
			  的單字
			• 期間
				• -ㅂ니다/습니다
				• -ㅂ니까/습니까
				• -(으)십시오
				• -(으)ㅂ시다

15 약국	藥局	• 說明症狀 • 了解拿藥的方法 • 給建議	• 身體 • 症狀	• -아/어/여도 되다 • -(으)면 안 되다 • -지 말다 • -(으)ㄴ 후에 • -기 전에

活動	發音	文化
• 聆聽有關週末活動的相關對話 • 談論上週的活動、週末活動的提議 • 閱讀有關週末活動的文章 • 書寫週末的活動與計畫	複合母音ㅚ和ㅟ	韓國人的週末活動
• 聆聽一段說明交通的談話 • 談論從學校到家裡的交通方式、談論附近有名的場所以及說明如何去 • 閱讀一段說明交通的文章 • 書寫一段說明交通的文章	ㄹ的鼻音化	首爾的大眾交通
• 理解電話上的對話 • 在各種情況下打電話和接電話 • 閱讀有關電子通訊（電話、電子郵件等）的問卷調查，並且回答問題 • 書寫自己是如何使用電話的文章	「-지요?」的語調	韓國的通訊文化
• 聆聽有關興趣的對話 • 詢問朋友喜歡的活動及興趣 • 閱讀有關社團活動的小冊子 • 書寫自己的興趣	母音ㅜ和ㅡ	韓國人的休閒生活
• 聆聽有關自己家人的對話 • 詢問有關朋友家人的問題 • 閱讀一段有關某人家人的文章 • 書寫一段介紹自己家族成員的文章	母音ㅚ	親屬稱謂
• 聆聽在郵局和銀行裡的對話 • 在郵局寄信件或包裹、在銀行開戶和換錢 • 閱讀寫在信封上的住址 • 在信封上書寫住址	鼻音化	韓國人確認身分的方法
• 聆聽在藥局裡的對話 • 述說常見的症狀、說明症狀與在藥局買藥 • 閱讀處方籤和有關缺席緣由的信 • 書寫描述自己生病時的文章	ㅅ和ㅆ	韓國的藥局

제1과 자기소개
自我介紹

目標
各位將能向第一次見面的人介紹自己

主題	打招呼
功能	互相打招呼、自我介紹
活動	聽力：聆聽兩人第一次見面時的對話
	口說：向第一次見面的人介紹自己的名字、國籍和職業
	閱讀：理解名片的內容、閱讀自我介紹信
	寫作：書寫自我介紹信
語彙	國家、職業
文法	−이에요 / 예요、−은 / 는
發音	連音
文化	韓國人打招呼時的禮儀

제1과 자기소개 自我介紹

도입

1. 이 사람들은 지금 무엇을 하고 있을까요?

   這些人現在正在做什麼呢？

2. 처음 만난 사람들은 무슨 말을 할까요? 그리고 자기를 소개할 때는 무슨 말을 할까요?

   初次見面的人們，會說些什麼話呢？而自我介紹的時候，又會說些什麼話呢？

대화 & 이야기

1

사토 : 안녕하십니까. 저는 사토 유이치입니다.

린다 : 안녕하세요. 저는 린다 테일러예요.

사토 : 만나서 반갑습니다.

린다 : 만나서 반갑습니다.

■ 新語彙

안녕하십니까. / 안녕하세요.
您好。/ 您好。

저는 (사토 유이치)입니다.
我是（佐藤雄一）。

저는 (린다 테일러)예요.
我是（琳達泰勒）。

만나서 반갑습니다.
很高興見到您。

2

사토 : 린다 씨는 어느 나라에서 왔어요?

린다 : 저는 미국에서 왔어요. 사토 씨는 학생이에요?

사토 : 네, 대학생이에요. 린다 씨도 대학생이에요?

린다 : 아니요, 저는 회사원이에요.

■ 新語彙

씨　先生 / 小姐

어느 나라에서 왔어요?
從哪個國家來的？

미국　美國

네　是

대학생　大學生

(린다 씨)도　（琳達小姐）也

아니요　不是

회사원　公司職員、上班族

3

안녕하십니까. 저는 사토 유이치입니다. 일본에서 왔어요.

저는 대학생이에요. 만나서 반갑습니다.

■ 新語彙

일본　日本

1 〈보기〉와 같이 이름을 이야기해 보세요.

請照著〈範例〉，試著說說看名字。

> 보기
>
> 김한국 / 수잔 리
>
> 가 : 안녕하세요. (저는) 김한국이에요.
> 您好。我是金漢國。
>
> 나 : 안녕하세요. (저는) 수잔 리예요.
> 您好。我是李蘇珊。

❶ 이윤주 / 다니엘　　　❷ 린다 테일러 / 왕웨이

❸ 에릭 킨토 / 엘레나　　❹ 사토 유이치 / 박지숙

❺ 간율란 / 이완 메빅　　❻ 모하메드 / 사바타 타파

2 1의 대화를 이용하여 반 친구들과 이름을 이야기해 보세요.

請使用第1項當中的對話，試著和班上同學們說說看自己的名字。

3 〈보기〉와 같이 이야기해 보세요.

請照著〈範例〉，試著說說看。

> 보기
>
> 김한국 / 수잔 리
>
> 가 : 안녕하세요. (저는) 김한국입니다.
> 您好。我是金漢國。
>
> 나 : 안녕하세요. (저는) 수잔 리입니다.
> 您好。我是李蘇珊。

● 語言提點

「-입니다」是比「-이에요.」更加正式的表現。當您和不熟的人對話，或者在正式的場合時，經常會使用這種表現。

❶ 이윤주 / 다니엘　　　❷ 린다 테일러 / 왕웨이

❸ 에릭 킨토 / 엘레나　　❹ 사토 유이치 / 박지숙

❺ 간율란 / 이완 메빅　　❻ 모하메드 / 사바타 타파

4 3의 대화를 이용하여 반 친구들과 이름을 이야기해 보세요.

請使用第3項當中的對話，試著和班上同學們說說看自己的名字。

5 〈보기〉와 같이 묻고 대답해 보세요.

請照著〈範例〉，試著提問與回答看看。

보기	
대만	가 : 대만 사람이에요? 您是臺灣人嗎？ 나 : 네, 저는 대만 사람이에요. 是的，我是臺灣人。

❶ 일본　　　❷ 호주　　　❸ 미국
❹ 한국　　　❺ 독일　　　❻ 태국

나라 國家

한국　韓國
대만 / 타이완　臺灣
중국　中國
일본　日本
미국　美國
영국　英國
호주　澳洲
독일　德國
인도　印度
태국　泰國
브라질　巴西

6 〈보기〉와 같이 묻고 대답해 보세요.

請照著〈範例〉，試著提問與回答看看。

보기	
중국 / 일본	가 : 중국 사람이에요? 您是中國人嗎？ 나 : 아니요, 저는 일본 사람이에요. 不是，我是日本人。

❶ 한국 / 일본　　　❷ 미국 / 영국
❸ 독일 / 스위스　　　❹ 말레이시아 / 베트남

발음 發音

連音

미국 **사람이에요.**
[사라미에요]

저는 **김한국이에요.**
[김한구기에요]

일본에서 왔어요.
[일보네서] [와써요]

前一個音節若是以子音結尾，而後一個音節又是以母音開頭時，則前一個音節的子音會移到後一個音節的母音位置上，因此那子音會如同後一個母音的初聲般發音。

7 〈보기〉와 같이 묻고 대답해 보세요.

請照著〈範例〉，試著提問與回答看看。

보기	
중국	가 : 어느 나라에서 왔어요? 您是從哪個國家來的？ 나 : 중국에서 왔어요. 我是從中國來的。

❶  캐나다　　❷ 러시아　　❸ 베트남
❹ 이집트　　❺ 스웨덴　　❻ 모로코

▶연습해 보세요.
(1) 저는 회사원이에요.
(2) 영국에서 왔어요.
(3) 저는 다니엘입니다.
(4) 베트남에서 왔어요.

8 6이나 7의 대화를 이용하여 반 친구들과 국적을 이야기해
보세요.

請使用第6項或第7項當中的對話，試著和班上同學們說說看自己
的國籍。

9 〈보기 1〉이나 〈보기 2〉와 같이 묻고 대답해 보세요.

請照著〈範例 1〉或〈範例 2〉，試著提問與回答看看。

> 보기1
>
> 학생 / 학생
>
> 가 : ○○ 씨는 학생이에요?
> ○○是學生嗎？
>
> 나 : 네, 학생이에요.
> 是的，是學生。.

> 보기2
>
> 학생 / 회사원
>
> 가 : ○○ 씨는 학생이에요?
> ○○是學生嗎？
>
> 나 : 아니요, 저는 회사원이에요.
> 不是，我是上班族。

> ▶ 직업　職業
>
> 학생　學生
> 대학생　大學生
> 대학원생　研究生
> 선생님　老師
> 회사원　公司職員、上班族
> 의사　醫生

① 대학생 / 대학생　　**②** 선생님 / 선생님　　**③** 의사 / 의사
④ 대학생 / 대학원생　**⑤** 회사원 / 학생　　**⑥** 선생님 / 회사원

10 〈보기〉와 같이 묻고 대답해 보세요.

請照著〈範例〉，試著提問與回答看看。

> 보기
>
> 학생
>
> 가 : ○○ 씨는 학생이에요?
> ○○是學生嗎？
>
> 나 : 네, 학생이에요. ○○ 씨도 학생이에요?
> 是的，是學生。○○也是學生嗎？
>
> 가 : 네, 저도 학생이에요.
> 是的，我也是學生。

> ▶ 語言提點
>
> 「-도」加在名詞之後，用來
> 表現「也」的附加意義。

① 대학생　　　**②** 선생님　　　**③** 회사원
④ 중국 사람　**⑤** 프랑스 사람　**⑥** 캐나다 사람

11 다음의 사람이 되어 〈보기〉와 같이 자기소개를 해 보세요.

請扮演以下的角色，照著〈範例〉試著自我介紹看看。

보기

린다 테일러

안녕하세요.
저는 린다 테일러예요.
미국 사람이에요.
저는 회사원이에요.

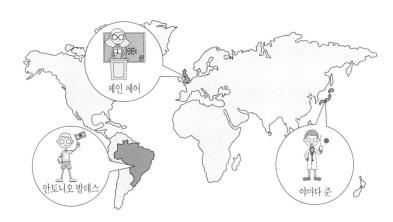

제인 에어

안토니오 발데스

야마다 준

12 다음의 사람이 되어 〈보기〉와 같이 이야기해 보세요.

請扮演以下的角色，照著〈範例〉試著說說看。

보기

투안: 베트남,
회사원

마이클: 호주,
학생

투 안 : 안녕하십니까. 저는 투안입니다.
마이클 : 안녕하세요. 저는 마이클입니다.
투 안 : 마이클 씨는 어느 나라에서 왔어요?
마이클 : 호주에서 왔어요. 투안 씨는
　　　　어느 나라에서 왔어요?
투 안 : 저는 베트남에서 왔어요.
　　　　마이클 씨는 학생이에요?
마이클 : 네, 저는 학생이에요. 투안 씨도
　　　　학생이에요?
투 안 : 아니요, 저는 회사원이에요.
마이클 : 만나서 반갑습니다.
투 안 : 만나서 반갑습니다.

❶ 요시 : 일본, 의사　　　　❷ 오마르 : 수단, 학생

　　베커 : 독일, 회사원　　　　유스리 : 말레이시아, 회사원

🎧 聽力_듣기

1 다음 대화를 듣고 여자의 직업이나 국적을 찾아보세요.

請在聽完以下的對話後，試著找出這名女子的職業或國籍。

1) ❶ 학생　　　❷ 회사원　　2) ❶ 회사원　　❷ 선생님
3) ❶ 일본 사람　❷ 중국 사람　4) ❶ 영국 사람　❷ 호주 사람

2 다음은 외국인 퀴즈 프로그램에 나온 사람들이 자신을 소개 하는 내용입니다. 잘 듣고 어느 나라 사람인지, 무슨 일을 하 는지 맞는 답을 고르세요.

以下是參加外國人機智問答節目的來賓所做的自我介紹。請仔細聽完後，選出他們是哪一國人，以及做什麼工作的正確答案。

1)
국적	미국
	영국

직업	학생
	회사원

2)
국적	태국
	중국

직업	학생
	회사원

3 다음 대화를 듣고 두 사람의 국적과 직업을 찾아보세요.

請在聽完以下的對話後，試著找出這兩人的國籍和職業。

1)
수잔 리	미국	대학원생
	캐나다	회사원

2)
타우픽	중국	대학생
	태국	대학원생

🎤 口說_말하기

1 친구들에게 이름, 국적, 직업을 물어 보세요.
請問問看朋友們的名字、國籍和職業。

- 이름, 국적, 직업을 알고 싶으면 어떻게 질문해야 할까요?
  如果想要知道對方的名字、國籍和職業，應該要怎麼提問呢？

- 친구들과 이름, 국적, 직업을 묻고 대답해 보세요.
  請問問看朋友們的名字、國籍和職業，並且回答他們的提問。

 **문화** **한국인의 인사 예절** 韓國人打招呼時的禮儀

- 여러분의 나라에서는 사람을 만나면 어떻게 인사합니까? 친한 친구에게 인사하는 방법과 웃어른에게 인사하는 방법이 같습니까?
  在各位的國家中，人們見面的時候會如何打招呼呢？對親近的朋友和對長輩的問候方式是一樣的嗎？

- 한국 사람은 어떻게 인사할까요? 한국 사람이 인사하는 방법에 대해 알고 있는 것을 함께 이야기해 보세요.
  韓國人是如何打招呼的呢？針對韓國人打招呼的方式，請就您所知試著一起說說看。

- 사진을 보고 한국 사람의 인사법에 대해 알아보세요. 그리고 다음의 설명을 읽고 한국 사람처럼 인사해 보세요.
  請試著透過照片了解韓國人的問候方式。並且在讀完以下的說明後，試著用韓國人的方式來打招呼看看。

 韓國人在打招呼的時候，通常會低頭問候。當地位較低的人向地位較高的人低頭問候時，地位較高的人通常都會稍微點頭回應。如果兩人的關係處於同等的地位，兩人則都會低頭打招呼。然而，現在也有很多人以握手當作問候，但即便是如此，在某些情況下，地位低的人仍然會低頭打招呼。

📖 閱讀_읽기

1 우리는 처음 만난 사람과 자주 명함을 주고받습니다. 다음 명함을 보고 정보를 찾아보세요.

我們常常會與初次見面的人交換名片。請在看完以下的名片後，試著找出相關資訊。

- 명함에 어떤 내용이 들어 있을지 생각해 보세요.

  請想想看名片當中會有什麼樣的內容。

- 다음 명함을 보고 이 사람의 이름과 직업을 찾아보세요.

  請在看完以下的名片後，試著找出這個人的名字和職業。

2 다음은 한국인 친구에게서 처음으로 받은 이메일입니다. 그 친구가 자기소개를 어떻게 했는지 잘 읽어 보세요.

以下是一封從韓國朋友那初次收到的電子郵件。請試著讀讀看那位韓國朋友是如何自我介紹的。

- 모르는 사람에게 처음 보내는 이메일에는 어떤 내용이 쓰여 있을까요?

  在一封寄給不認識的人的電子郵件當中，會寫著哪些內容呢？

- 다음 이메일을 읽고 위에서 예측한 내용이 있는지 찾아보세요.

  請在讀完以下的電子郵件後，試著找找看有無上方預測的內容。

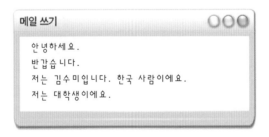

- 이메일에서 다음 내용을 찾아보세요.

  請在電子郵件當中，試著找出以下的內容。

  이름 _____ 국적 _____ 직업 _____

寫作_쓰기

1 여러분이 위의 이메일을 받았다고 생각하고 답장을 써 보세요.

請想像各位收到以上的電子郵件，並試著回信看看。

● 여러분은 자신을 어떻게 소개하겠어요? 자신을 소개하는 데 필요한 표현을 간단하게 메모해 보세요.

各位會如何自我介紹呢？請簡單地寫下在自我介紹時所需要用到的表現。

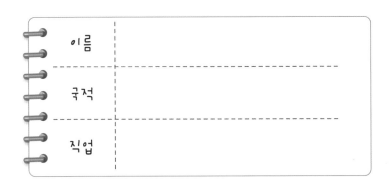

● 위에서 메모한 내용을 바탕으로 자신을 소개하는 답장을 써 보세요.

請以上面所寫的內容為基礎，試著寫一封回信來介紹自己。

● 여러분은 친구들에게 자신을 어떻게 소개하겠어요? 위에서 쓴 글을 바탕으로 새로 만난 친구들에게 자기소개를 해 보세요.

各位會如何向朋友們介紹自己呢？請以上面所寫的文章為基礎，試著向新認識的朋友們自我介紹看看。

자기 평가

自我評價

● **여러분의 이름, 국적, 직업을 이야기할 수 있습니까?**
各位會說自己的名字、國籍和職業嗎？

非常棒 ●—●—●—●—● 待加強

● **처음 만난 사람에게 자기소개를 할 수 있습니까?**
各位能向初次見面的人自我介紹嗎？

非常棒 ●—●—●—●—● 待加強

● **간단한 자기소개의 글을 읽거나 쓸 수 있습니까?**
各位能讀懂或是寫出簡單的自我介紹文章嗎？

非常棒 ●—●—●—●—● 待加強

1 **名詞** 은/는 **名詞** 이에요/예요

在韓語中,「(名詞)은/는 (名詞)이에요/예요」是在確認人或物的時候使用。這樣的文法結構及單字的順序,不論是在陳述句,還是在疑問句上,都是相同的,但是語調並不一樣。此外,陳述句時會使用句號,而疑問句則會使用問號。

수미 씨 는 학생 이에요 ➡ 수미 씨 는 학생 이에요. 秀美是學生。
➡ 수미 씨 는 학생 이에요? 秀美是學生嗎?

2 −이에요/예요

● 「-이에요」加在名詞之後,用來結束句子,而那名詞則如同句子的主語。這種表現在非正式的場合,可對地位比自己高的人或者不熟悉的人使用。

(저는) 김영민이에요. 我是金榮敏。

● 依照前面名詞的最後音節是如何結尾來決定使用「-이에요」或是「-예요」。
   a. 如果那個名詞是以子音結尾的話,使用「-이에요」。

   (저는) 한국 사람이에요.

   b. 如果那個名詞是以母音結尾的話,則可用「-이에요」或「-예요」。但是「-예요」更常被使用。

   (저는) 의사이에요/의사예요.

(1) (저는) 마이클이에요. 我是麥可.

(2) (나는) 학생이에요.

(3) (저는) 린다예요.

(4) (우리는) 친구예요.

(5) (저는) 김영민 _____.

(6) (저는) 수잔 리_____.

新語彙
우리 我們

＊括號中的單字,若在上下文中能被理解,則可省略。

3 –은/는

- 「-은/는」是表現在其前面的名詞為句子主題的助詞。

  저는 학생이에요. 我是學生。

- 依照前面名詞的最後音節是如何結尾來決定使用「-은」或是「-는」。

  a. 如果那個名詞是以子音結尾的話，使用「-은」。

  선생님은 한국 사람이에요.

  b. 如果那個名詞是以母音結尾的話，使用「-는」。

  저는 학생이에요.

  (1) 저는 대학생이에요. 我是大學生。
  (2) 사토 씨는 의사예요.
  (3) 마이클은 학생이에요.
  (4) 선생님은 한국 사람이에요.
  (5) 왕웨이____ 중국 사람이에요.
  (6) 다니엘____ 대학원생이에요.

제2과 일상생활 Ⅰ
日常生活（一）

目標
各位將能學到有關日常生活的基本表現

主題	日常生活
功能	表現日常的活動
活動	聽力：聆聽有關活動以及場所的對話
	口説：尋找要和自己去相同場所的朋友、詢問今天的計畫
	閱讀：閱讀標誌和招牌、閱讀有關場所和活動練習的文章
	寫作：書寫有關場所和活動練習的文章
語彙	場所、動作、物品
文法	韓語的語順、−아 / 어 / 여요、−을 / 를、−에 가다
發音	提問以及回答時的語調
文化	韓國人的問候語

제2과 일상생활 I 日常生活（一）

1. 여기는 어디예요?
   這裡是哪裡呢？

2. 이 사람들은 지금 무엇을 하고 있어요?
   這些人現在正在做什麼呢？

1

兩個人在街上相遇。

수미 : 안녕하세요, 린다 씨.

린다 : 안녕하세요, 수미 씨. 어디 가요?

수미 : 도서관에 가요. 린다 씨는 어디에 가요?

린다 : 저는 식당에 가요.

2

兩個人在圖書館相遇。

다케시 : 린다 씨, 지금 뭐 해요?

린　다 : 한국어를 공부해요.

다케시 : 재미있어요?

린　다 : 네, 아주 재미있어요.

3

린다 씨는 오늘 친구를 만나요. 같이 영화를 봐요.
그리고 식당에 가요.

1 다음 그림을 이용해 장소 이름을 익혀 보세요.
請試著使用以下的圖片，熟悉場所的名稱。

보기

가 : 어디(에) 가요? 去哪裡呢？

나 : 학교에 가요. 去學校。

▪장소 場所
학교 學校
집 家
식당 餐廳
병원 醫院
약국 藥局
은행 銀行
회사 公司
우체국 郵局
가게 商店
시장 市場
백화점 百貨公司
극장 劇場、電影院
도서관 圖書館

❶ 　❷ 　❸

❹ 　❺ 　❻

2 동사의 현재형을 익혀 보세요.
請試著熟悉動詞的現在式。

보기1

살다　　살아요. 居住、生活。

❶ 알다　　❷ 놀다　　❸ 사다
❹ 만나다　❺ 오다　　❻ 보다

▪동작1 動作1
살다 居住、生活
알다 知道、了解
놀다 玩
사다 買
만나다 見面
오다 來
보다 看

보기2

먹다　　먹어요. 吃。

❶ 읽다　　❷ 웃다　　❸ 열다
❹ 듣다　　❺ 마시다　❻ 기다리다

보기3

말하다　　말해요. 說。

❶ 공부하다　❷ 일하다　　❸ 전화하다
❹ 노래하다　❺ 질문하다　❻ 대답하다

▪동작2 動作2
먹다 吃
읽다 讀
웃다 笑
열다 開
듣다(*들어요) 聽
마시다 喝
기다리다 等待

3 〈보기〉와 같이 이야기해 보세요.

請照著〈範例〉，試著說說看。

> **보기**
>
> 가 : 먹어요? 吃嗎？
>
> 나 : 네, 먹어요. 是的，吃。

❶  ❷   ❸

❹   ❺  ❻

▪ 동작3 動作3

말하다	說、述說
이야기하다	談話、聊天
공부하다	學習
일하다	工作
전화하다	打電話
노래하다	唱歌
질문하다	提問、發問
대답하다	回答

4 〈보기 1〉이나 〈보기 2〉와 같이 이야기해 보세요.

請照著〈範例1〉或〈範例2〉，試著說說看。

> **보기1**
> 책   책을 사요. 買書。

> **보기2**
> 시계   시계를 사요. 買手錶。

❶ 노트   ❷ 모자   ❸ 카메라
❹ 가방   ❺ 텔레비전   ❻ 우산

▪ 사물 物品

책	書
시계	手錶、時鐘
노트	筆記本
모자	帽子
카메라	相機
가방	背包
텔레비전	電視
우산	雨傘

5 〈보기 1〉이나 〈보기 2〉와 같이 묻고 대답해 보세요.

請照著〈範例1〉或〈範例2〉，試著提問與回答看看。

> **보기1**
>
> 밥, 먹다
>
> 가 : 무엇을 해요? 在做什麼呢？
>
> 나 : 밥을 먹어요. 在吃飯。

> **보기2**
>
> 우유, 마시다
>
> 가 : 무엇을 해요? 在做什麼呢？
>
> 나 : 우유를 마셔요. 在喝牛奶。

❶ 책, 읽다　　❷ 영화, 보다　　❸ 음악, 듣다
❹ 운동, 하다　　❺ 시계, 사다　　❻ 친구, 만나다

新語彙

밥	飯
우유	牛奶
음악	音樂
운동	運動

發音　발음 發音

提問與回答時的語調

> 1) 가 : 재마있어요?
>   　나 : 재마있어요.
>
> 2) 가 : 물을 마셔요?
>   　나 : 네, 물을 마셔요.

基本上，提問時的語調會上揚，而回答時的語調則會下降。提問時最後面的語調一定要上揚。反之，回答時直到最後語調都必須下降。

▶연습해 보세요.

(1) 가 : 신문을 읽어요?
　　나 : 네, 신문을 읽어요.
(2) 가 : 회사원이에요?
　　나 : 아니요, 학생이에요.
(3) 가 : 학교에 가요?
　　나 : 네, 학교에 가요.
(4) 가 : 영국에서 왔어요?
　　나 : 아니요, 저는 미국에서
　　　　왔어요.

6 다음 그림을 보고 무엇을 하는지 이야기해 보세요.

請在看完以下圖片後，說說看他們在做什麼。

> **보기**
>
> 가 : 무엇을 해요? / 뭐 해요?
> 　　在做什麼呢？
>
> 나 : 텔레비전을 봐요.
> 　　在看電視。

❶ 　　❷

❸ 　　❹

❺ 　　❻

新語彙

커피	咖啡
신문	報紙
빵	麵包

7 〈보기 1〉이나 〈보기 2〉와 같이 묻고 대답해 보세요.

請照著〈範例1〉或〈範例2〉，試著提問與回答看看。

가 : 텔레비전을 봐요?
　　在看電視嗎？

나 : 네, 텔레비전을 봐요.
　　是的，在看電視。

텔레비전을 보다

◦ 新語彙

물　水

옷　衣服

우산　雨傘

가 : 커피를 마셔요?
　　在喝咖啡嗎？

나 : 아니요, 물을 마셔요.
　　不是，在喝水。

커피를 마시다

❶

한국어를 공부하다

❷

신문을 읽다

❸

옷을 사다

❹

친구를 만나다

❺

빵을 먹다

❻

음악을 듣다

8 그림을 보고 누가 무엇을 하는지 〈보기 1〉이나 〈보기 2〉와 같이 묻고 대답해 보세요.
請在看完圖片後，照著〈範例1〉或〈範例2〉，試著提問與回答看看誰正在做些什麼。

〈보기1〉
가 : 린다 씨는 뭐 해요? 琳達在做什麼呢？
나 : 책을 읽어요. 在看書。

〈보기2〉
가 : 토머스 씨는 노래를 해요? 湯馬士在唱歌嗎？
나 : 아니요, 청소를 해요. 不是，在打掃。

▶新語彙
청소하다 打掃
자다 睡覺

9 친구들이 오늘 무엇을 하는지 〈보기 1〉이나 〈보기 2〉와 같이 물어 보세요. 마지막 빈칸에는 묻고 싶은 내용을 넣어 물어 보세요.

請照著〈範例1〉或〈範例2〉，試著問問看朋友們今天要做些什麼，並且在下方的空格中填入您想詢問的內容。

〈보기1〉
친구, 만나다
가 : 오늘 친구를 만나요?
今天要見朋友嗎？
나 : 네, 친구를 만나요.
是的，要見朋友。

〈보기2〉
운동, 하다
가 : 오늘 운동을 해요?
今天要運動嗎？
나 : 아니요.
沒有。

활동 \ 이름	마이클			
친구, 만나다	o			
운동, 하다	x			
영화, 보다	x			

10 〈보기〉와 같이 이야기해 보세요.
請照著範例，試著說說看。

보기

가 : 안녕하세요, ○○ 씨. 지금 뭐 해요?
您好，○○。現在在做什麼呢？

나 : 책을 읽어요. ○○ 씨는 어디 가요?
在讀書。 ○○要去哪裡呢？

가 : 저는 우체국에 가요.
我要去郵局。

❶

❷

❸

 **문화** **한국인의 인사말** 韓國人的問候語

「안녕하세요.」 和 「어디 가요?」

● 길에서 친구를 우연히 만났을 때 여러분 나라에서는 어떤
말로 인사를 해요?
在路上巧遇見朋友時，在各位的國家會說什麼話來打招呼呢？

● 한국 사람들은 길에서 우연히 아는 사람들을 만났을 때
어떤 말로 인사를 할까요? 아는 것이 있으면 이야기해
보세요.
韓國人在路上巧遇認識的人時，會說什麼話來打招呼呢？請說說看
您所知道的。

 韓國人見面時，會用「안녕하세요.」來打招呼，而道別的時候，則會用「안녕히 가세요.」。如果對
方的地位比自己還高時，問候時就必須低下頭來。各位如果在街上遇到認識的人時，說不定對方
會問您「어디 가요?」或者是「밥 먹었어요?」等相似的問話。這種表現可以作為詢問對方的目的地，
亦或者是詢問對方是否吃過飯的問句。然而，也有藉由打招呼來傳達話者問候的功能。

활동

🎧 聽力_듣기

1 다음을 잘 듣고 알맞은 장소를 고르세요.

請在仔細聽完以下的內容後，選出合適的場所。

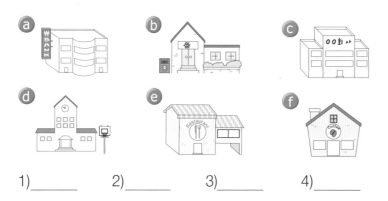

1)_____   2)_____   3)_____   4)_____

2 다음을 잘 듣고 그림의 내용과 맞는 것을 찾아보세요.

請在仔細聽完以下的內容後，試著找出與圖片內容相符的選項。

1)_____   2)_____   3)_____   4)_____

3 두 사람이 대화하고 있습니다. 누가 무엇을 하는지 표시하세요.

這兩個人正在談話。請標示出誰（優子和麥可）正在做些什麼。

	유코	마이클
학교에 가요.		
우체국에 가요.		
친구를 만나요.		

🎙️ 口說_말하기

1 친구와 어디에 가는지 이야기해 보세요.
請說說看和朋友要去哪裡。

- 오늘 여러분은 어디에 갈 거예요? 다음 목록에서 오늘
  여러분이 갈 장소를 표시해 보세요.

  各位今天要去哪裡呢？請在以下的目錄中，試著標示出各位今天要去的場所。

  > ☐ 회사　　☐ 우체국　　☐ 은행
  > ☐ 커피숍　　☐ 극장　　☐ 도서관

- 친구가 오늘 어디에 가는지 묻고 대답해 보세요.

  請問問看朋友今天要去哪裡，並且回答他們的提問。

- 여러분과 같은 장소에 가는 사람은 누구인지 〈보기〉와
  같이 이야기해 보세요.

  要跟各位去同一個場所的人是誰呢？請照著〈範例〉，試著說說看。

  > 보기
  > 토머스 씨하고 나는 우체국에 가요.
  > 湯馬士和我要去郵局。

  ■ 新語彙

  | 커피숍　咖啡廳 |
  | (토머스 씨) 하고　(湯馬士) 和 |

2 우리 반 친구들은 오늘 무엇을 할까요? 친구들이 무엇을
하는지 묻고 대답해 보세요.

今天班上的同學們要做些什麼呢？請問問看朋友們要做些什麼，並且回答他們的提問。

- 여러분은 오늘 뭐 해요?

  各位今天要做些什麼呢？

- 친구와 같이 오늘 뭐 하는지 이야기해 보세요.

  請說說看今天要和朋友一起做些什麼。

이름	활동 1	활동 2	활동 3
유코	학교에 가요.	친구를 만나요.	영화를 봐요.

📖 閱讀_읽기

1 거리의 간판을 보고 어떤 장소인지 알아봅시다.
請在看完街道上的看板後，辨識看看是什麼場所。

● 대학 앞의 거리에는 어떤 가게들이 있을지 생각해
보세요.
請想想看大學前的街道上會有哪些商店？

● 다음은 거리에 있는 가게들의 간판입니다. 어떤
가게들인지 추측해 보세요.
以下是街上商店的看板，請猜猜看它們是什麼商店。

● 다음과 같은 경우에 여러분은 어느 곳으로 가시겠습니까?
在以下的情況下，各位會去那個地方呢？

(1) 배가 고파요.　肚子餓。　　　　　＿＿＿＿＿＿

(2) 편지를 보내요.　寄信。　　　　　＿＿＿＿＿＿

(3) 빵하고 우유를 사요.　買麵包和牛奶。　＿＿＿＿＿＿

(4) 한국어를 공부해요.　學習韓語。　　＿＿＿＿＿＿

(5) 돈을 바꿔요.　換錢。　　　　　　＿＿＿＿＿＿

2 다음을 잘 읽고 오늘 내가 하는 일에 모두 표시하세요.
請在仔細閱讀以下的內容後，標示出所有今天要做的事。

> 나는 오늘 도서관에 가요. 공부를 해요.
> 그리고 친구를 만나요. 같이 운동을 해요.

1 오늘 여러분은 어디에 가서 무엇을 합니까? 오늘 여러분의 생활을 글로 써 보세요.

各位今天要去哪裡做些什麼呢？請將各位今天的生活寫成一篇文章。

● 여러분이 매일 가는 장소와 활동을 메모해 보세요.

請試著寫下各位每天要去的場所和要做的活動。

장소　場所	활동 1　活動1	활동 2　活動2
학교	공부해요.	친구를 만나요.

● 위의 내용을 바탕으로 여러분이 오늘 하는 일을 써 보세요.

請以上方的內容為基礎，試著寫下各位今天要做的事。

자기 평가 🖊
自我評價

● 어디에 가는지 이야기할 수 있습니까?
各位會說自己要去哪裡嗎？

非常棒 ●──●──●──●── 待加強

● 무엇을 하는지 이야기할 수 있습니까?
各位會說自己在做什麼嗎？

非常棒 ●──●──●──●── 待加強

● 일상생활을 설명하는 글을 읽고 쓸 수 있습니까?
各位能讀懂，並且寫出說明日常生活的文章嗎？

非常棒 ●──●──●──●── 待加強

1 한국어의 어순　韓語的語順

韓語的基本語順為主語-目的語-敘述語。但是,光靠名詞和動詞的形態,無法在句子中發揮主語、目的語、或者敘述語的作用。因此,通常都會與助詞和語尾一起使用。舉例如下。

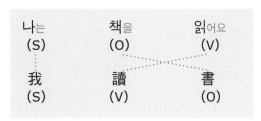

2 -아/어/여요

「-아/어/여요」是句子的現在式終結語尾。適合在日常生活中與地位比自己高的人,或者不熟悉的人對話時使用。依照上下文的關係,「-아/어/여요」在句子的四個種類中都可以使用:陳述句、疑問句、命令句、共動句。但是,在一般在敘述句和疑問句裡最常被使用。

읽어요. 閱讀。（陳述句）

읽어요? 閱讀嗎？（疑問句）

읽어요. 請閱讀。（命令句）

읽어요. 一起閱讀。（共動句）

● -아/어요

依照語幹*的母音來決定句子的終結語尾要用「-아요」或者「-어요」。
a. 語幹最後音節的母音為「ㅏ」或者「ㅗ」時,使用「-아요」。
b. 語幹最後音節的母音不是「ㅏ」或者「ㅗ」時,則使用「-어요」。

> 살다　살 + 아요 → 살아요
> 먹다　먹 + 어요 → 먹어요

*語幹:韓語的動詞與形容詞可分為語幹和語尾。例如:먹（吃） + 다。語幹表現動詞或形容詞的意義,且可與各種形態的語尾結合。例如:먹（吃） + 다（基本形） / 습니다（尊待陳述形） / 습니까（尊待疑問形） / 고（對等連結） / 으면（條件連結） 等,這種現象叫做活用。動詞與形容詞活用時,表現出語彙的意義,而形態不會變化的部分就叫做語幹。

此外，當語幹是以母音結尾時，（終結語尾的母音與語幹的母音重複時）那母音會被省略，或者與前一母音結合為複合母音。

```
가다   가 + 아요 → 가요
서다   서 + 어요 → 서요
오다   오 + 아요 → 와요
```

● -여요

在韓語中以「하다」結尾的動詞與形容詞很多，但即使語幹的母音為「ㅏ」，此類的動詞和形容詞仍會使用「-여요」，而非「-아요」。然而一般常把「하여요」縮寫成「해요」來使用。

```
하다      하 + 여요 → 하여요 → 해요
공부하다  공부하 + 여요 → 공부하여요 → 공부해요
```

▪新語彙

받다	接受
서다	站
쓰다	寫
앉다	坐

基本形	語幹	語尾	省略 / 縮寫	陳述句	疑問句
살다	살	아요	/	살아요	살아요?
받다	받	아요	/	받아요	받아요?
먹다	먹	어요	/	먹어요	먹어요?
읽다	읽	어요	/	읽어요	읽어요?
가다	가	아요	가요	가요	가요?
서다	서	어요	서요	서요	서요?
오다	오	아요	와요	와요	와요?
마시다	마시	어요	마셔요	마셔요	마셔요?
하다	하	여요	해요	해요	해요?
전화하다	전화하	여요	전화해요	전화해요	전화해요?
듣다	듣	어요	/	들어요*	들어요?*
쓰다	쓰	어요	/	써요*	써요?*
앉다					
웃다					
만나다					
기다리다					
노래하다					
청소하다					

（＊ 不規則動詞）

3 –을/를

● 「-을/를」接在名詞之後，使名詞成為直接目的語（換句話說，就是接受動詞動作的名詞），而此助詞亦能讓前方的名詞具體化，但在日常對話中常常會被省略。

린다 씨는 사과를 먹어요. *琳達在吃蘋果。*

● 依照這助詞前方的名詞來選擇使用「-을」或者「-를」。
　a. 如果那個名詞是以子音結尾的話，使用「-을」。
　b. 如果那個名詞是以母音結尾的話，則使用「-를」。

토머스 씨는 빵을 먹어요. *湯馬士在吃麵包。*

요코 씨는 사과를 먹어요. *洋子在吃蘋果。*

新語彙

| 사과 | 蘋果 |
| 라면 | 泡麵 |

(1) 가 : 물을 마셔요?
　　나 : 네, 물을 마셔요.

(2) 가 : 빵을 먹어요?
　　나 : 아니요, 라면을 먹어요.

(3) 가 : 무엇을 봐요?
　　나 : 영화＿＿＿ 봐요.

(4) 가 : 한국어를 공부해요?
　　나 : 네, ＿＿＿＿＿＿＿＿ 공부해요.

(5) 가 : ＿＿＿＿＿＿＿＿＿ 읽어요?
　　나 : ＿＿＿＿＿＿＿＿＿ 읽어요.

(6) 가 : ＿＿＿＿＿＿＿＿＿ 마셔요?
　　나 : ＿＿＿＿＿＿＿＿＿＿＿.

4 –에 가다

「-에 가다」接在場所之後，表現某人要去的目的地。除動詞「가다」外，複合動詞（올라가다、내려오다、다녀오다）以及其他動詞「오다」、「다니다」也能使用。當詢問別人要去的目的地時，會問「어디에 가요?」

(1) 가 : 어디에 가요?
　　나 : 학교에 가요.

(2) 가 : 은행에 가요?
　　나 : 네, 은행에 가요.

(3) 가 : 우체국에 가요?
　　나 : 아니요, ＿＿＿＿＿＿＿ 가요.

(4) 가 : ＿＿＿＿＿＿＿＿＿＿ 가요?
　　나 : ＿＿＿＿＿＿＿＿＿＿＿.

MEMO

제3과 물건 사기
購物

目標

各位將學習在超市裡買東西時所需要的表現

主題	購物
功能	在商店買東西、詢問物品的價格
活動	聽力：聆聽店員與顧客的對話
	口説：在商店裡買東西
	閱讀：閱讀收據
	寫作：製作購物清單
語彙	超級市場的物品、數字
文法	−(으)세요、−하고、−와／과、數量詞
發音	母音ㅓ和ㅗ
文化	韓國的貨幣

제3과 물건 사기 購物

1. 여기는 어디입니까? 손님은 무엇을 사요?
   這裡是哪裡呢？顧客在買什麼東西呢？

2. 가게에서 물건을 살 때 어떤 이야기를 해요?
   在商店買東西的時候要說些什麼話呢？

1

점원 : 어서 오세요.

손님 : 아저씨, 우유 있어요?

점원 : 네, 있어요.

손님 : 얼마예요?

점원 : 오백 원이에요.

新語彙

어서 오세요.	請進、歡迎光臨。
아저씨	叔叔、大叔
있다	有
얼마예요?	多少錢？

2

점원 : 어서 오세요. 뭘 드릴까요?

손님 : 빵 세 개하고 콜라 한 병 주세요.

점원 : 여기 있어요.

손님 : 얼마예요?

점원 : 이천백 원이에요.

新語彙

뭘 드릴까요?	要給您什麼呢？
세 개	三個
콜라	可樂
한 병	一瓶
주다	給
여기 있어요.	在這裡。

3

나는 오늘 가게에 가요. 과자, 주스, 그리고 휴지를 사요.
과자를 두 개, 주스를 세 병, 휴지를 한 개 사요. 모두 사천
삼백 원이에요.

新語彙

과자	餅乾
주스	果汁
휴지	衛生紙
두 개	兩個
모두	全部

1 〈보기〉와 같이 이름을 이야기해 보세요.

請照著〈範例〉，試著說說看物品的名稱。

슈퍼마켓 물건 超市的物品

보기		
	가 : 우유 있어요? 有牛奶嗎？ 나 : 네, 있어요. 是的，有。	

빵　麵包

과자　餅乾

라면　泡麵

계란　雞蛋

커피　咖啡

콜라　可樂

우유　牛奶

주스　果汁

물　水

비누　肥皂

치약　牙膏

칫솔　牙刷

휴지　衛生紙

❶ 　　❷ 　　❸

❹ 　　❺ 　　❻

2 가게에 갔어요. 다음 물건이 있는지 물어 보세요.

各位去了一間商店。請問問看是否有以下的物品。

보기1	
	손님 : 라면 있어요? 有泡麵嗎？ 점원 : 네, 있어요. 是的，有。

보기2	
	손님 : 계란 있어요? 有雞蛋嗎？ 점원 : 아니요, 없어요. 不，沒有。

3 〈보기〉와 같이 묻고 대답해 보세요.

請照著〈範例〉，試著提問與回答看看。

> 보기
>
> 가 : 뭘 드릴까요?
> 要給您什麼呢？
>
> 나 : 우유를 주세요.
> 請給我牛奶。

❶ 　　❷ 　　❸

❹ 　　❺ 　　❻

4 〈보기〉와 같이 묻고 대답해 보세요.

請照著〈範例〉，試著提問與回答看看。

> 보기
>
> 가 : 뭘 드릴까요?
> 要給您什麼呢？
>
> 나 : 빵하고 우유 주세요.
> 請給我麵包和牛奶。

❶ 　❷ 　❸

❹ 　❺ 　❻

▶ 語言提點

當店員問顧客「뭘 드릴까요?」的時候，是在問「您要找什麼東西呢？」的意思。

在「名詞 + -을/를 주세요」的表現中，目的格助詞「-을/를」常會在一般的對話中省略。

◀ 발음 發音　

母音 ㅓ 和 ㅗ

> 커피　
>
> 코피　

在發「ㅓ」的音時，會張開嘴巴，但必須比發「ㅏ」的音時，嘴巴稍微小一點。而在發「ㅗ」的音時，嘴唇必須成圓形。

어　　　　오

▶ 연습해 보세요.

(1) 가 : 커피를 마셔요?

　　나 : 아니요, 콜라를 마셔요.

(2) 가 : 어디 가요?

　　나 : 도서관에 가요.

(3) 가 : 뭐 해요?

　　나 : 청소해요.

(4) 가 : 몇 개 드릴까요?

　　나 : 여섯 개 주세요.

5 수를 세어 봅시다.
一起來數數。

하나	둘	셋	넷	다섯
한 개	두 개	세 개	네 개	다섯 개

여섯	일곱	여덟	아홉	열
여섯 개	일곱 개	여덟 개	아홉 개	열 개

6 〈보기〉와 같이 묻고 대답해 보세요.
請照著〈範例〉，試著提問與回答看看。

語言提點

「병」是在數瓶子時所使用的數量詞。

보기

가 : 뭘 드릴까요?
　　要給您什麼呢？

나 : 빵 다섯 개 주세요.
　　請給我五個麵包。

가 : 뭘 드릴까요?
　　要給您什麼呢？

나 : 빵 다섯 개하고 주스 한 병 주세요.
　　請給我五個麵包和一瓶果汁。

❶ 　❷ 　❸

❹ 　❺ 　❻

7 숫자를 읽어 봅시다.

一起來讀讀以下的數字吧。

1	2	3	4	5	6	7	8	9	10
일	이	삼	사	오	육	칠	팔	구	십

11	12	13	14	15	16	17	18	19	20
십일	십이	십삼	십사	십오	십육	십칠	십팔	십구	이십

·	·	30	40	50	60	70	80	90	100
·	·	삼십	사십	오십	육십	칠십	팔십	구십	백

·	200	300	400	·	·	·	·	900	1,000
·	이백	삼백	사백	·	·	·	·	구백	천

·	2,000	3,000	4,000	·	·	·	·	9,000	10,000
·	이천	삼천	사천	·	·	·	·	구천	만

·	20,000	30,000	40,000	·	·	·	·	90,000	100,000
·	이만	삼만	사만	·	·	·	·	구만	십만

8 〈보기〉와 같이 묻고 대답해 보세요.

請照著〈範例〉，試著提問與回答看看。

> 보기
>
> ₩30
>
> 가 : 얼마예요? 是多少錢呢？
>
> 나 : 삼십 원이에요. 是30元。

■ 語言提點

韓國的貨幣單位是「원」。

❶ ₩ 700

❷ ₩ 680

❸ ₩ 1,900

❹ ₩ 4,200

❺ ₩ 10,500

❻ ₩ 35,980

9 〈보기〉와 같이 묻고 대답해 보세요.

請照著〈範例〉，試著提問與回答看看。

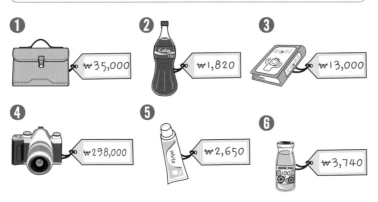

가 : 이 빵 얼마예요?

　　這個麵包是多少錢呢？

나 : 팔백 원이에요.

　　是800元。

❶ 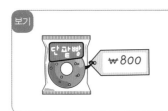 ₩35,000

❷ ₩1,820

❸ ₩13,000

❹ ₩298,000

❺ ₩2,650

❻ ₩3,740

10 〈보기〉와 같이 묻고 대답해 보세요.

請照著〈範例〉，試著提問與回答看看。

보기　₩800

가 : 뭘 드릴까요? 要給您什麼呢？

나 : 빵 있어요? 有麵包嗎？

가 : 네, 있어요. 是的，有。

나 : 그럼, 빵 한 개 주세요. 那麼，請給我一個麵包。

가 : 여기 있어요. 在這裡。

나 : 얼마예요? 是多少錢呢？

가 : 팔백 원이에요. 是800元。

❶ ₩1,400

❷ ₩2,700

❸ ₩1,300

❹ ₩570

❺ ₩2,650

❻ ₩3,200

 聽力_듣기

1 이 사람은 무엇을 사러 왔습니까? 다음 대화를 잘 듣고
맞는 그림의 기호를 쓰세요.

這個人來買什麼呢？請在仔細聽完以下的對話後，寫上正確
的圖片代號。

1)_____   2)_____   3)_____   4)_____

2 다음을 잘 듣고 무엇을 몇 개 샀는지 맞는 그림을
고르세요.

請在仔細聽完以下的對話後，看看這個人買了什麼東
西以及買了多少個，並選出正確的圖片。

3 슈퍼마켓에서 물건을 사고 있습니다. 잘 듣고 질문에
답하세요.

有位顧客正在超市購物。請仔細聽完後，回答問題。

1) 무엇을 몇 개 샀어요? 맞는 그림을 고르세요.

這位顧客買了什麼東西呢？買了幾個？請選出正確的圖片。

❶ ⭕

❷  ⭕

❸

❹

2) 모두 얼마입니까?

總共是多少錢呢？

❶ 2,500원 ❷ 3,500원 ❸ 5,500원 ❹ 6,500원

 문화 **한국의 화폐** 韓國的貨幣

● 한국에서 사용하는 화폐로 어떤 것이 있는지 알고 있습니까? 그리고
한국화폐에 무엇이 그려져 있는지 알고 있습니까?

各位知道在韓國使用的貨幣有哪些嗎？還有，各位知道在韓國的貨幣
上印有哪些圖案嗎？

10원　　　　　　50원

100원　　　　　　500원

韓國的貨幣有10元、50元、100元、500元的硬幣，以及
1,000元、5,000元、10,000元、50,000元的紙鈔。在各錢
幣上面都印有著名的人物或者物品的圖案。例如：10元
硬幣上有位在慶州佛國寺的多寶塔；50元硬幣上有水
稻，象徵古代為農業社會的韓國；100元的硬幣上是朝鮮
王朝偉大的將軍—李舜臣將軍的肖像畫；500元硬幣上則
畫有鶴。1,000元和5,000元紙鈔則是畫有兩位著名的朝鮮
學者，他們正是退溪李滉和栗谷李珥；10,000的紙鈔上畫
有創造韓國文字的世宗大王圖像；50,000元紙鈔上則印有
申師任堂的畫像，她是有名的書畫家，也是韓國人心中
賢妻良母的代表。

1,000원

5,000원

10,000원

50,000원

● 여러분 나라의 화폐에는 어떤 그림이 있습니까?

在各位國家的貨幣上，印有什麼樣圖案呢？

1 **다음 물건의 가격이 얼마인지 알아보고 표를 채우세요.**
請詢問以下物品的價格，並將表格填滿。

A

1) B에게 다음 물건의 가격을 알려 주세요.

2) B에게 다음 물건의 가격을 물어 보세요.

⟨A⟩

품목 品項	가격 價格	품목 品項	가격 價格
라면		비누	
계란		주스	
과자			

B

1) A에게 다음 물건의 가격을 물어 보세요.

⟨B⟩

품목 品項	가격 價格	품목 品項	가격 價格
빵		칫솔	
우유		휴지	
치약			

2) A에게 다음 물건의 가격을 알려 주세요.

2 가게 주인과 손님이 되어 물건을 사 보세요.
請扮演商店老闆和客人的角色，試著買東西看看。

- 다음 그림을 보고 손님은 무엇을 몇 개 사야 하는지, 가게 주인은 무슨 물건이 있고, 가격이 얼마인지 확인해 보세요.
  請在看完以下圖片後，確認看看客人要買的東西及其數量，以及老闆所販賣的東西及其價格。

- 다음 그림을 보고 무엇을 몇 개 사야 하는지 확인해 보세요.
  請在看完以下圖片後，確認看看必須要買的東西及其數量。

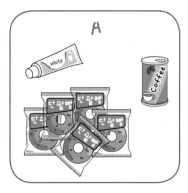

- 가게에서 물건을 사 보세요.
  請在商店裡買東西看看。

- 무엇을 몇 개 샀는지, 얼마인지 이야기해 보세요.
  請說說看各位買了什麼東西、買了幾個，以及花了多少錢。

📖 閱讀_읽기

1 다음은 가게에서 물건을 사고 받은 영수증입니다. 다음 문장이 맞으면 ○ , 틀리면 ✕에 표시하세요.

以下是到商店裡買完東西後拿到的收據。以下的句子如果正確 的話，請標示○。錯誤的話，請標示✕。

POS : 01

品目 品項	수량 數量	가격 價格
과자	3	3,000
커피	2	2,400
빵	1	1,000
합계 總計		**6,400**

1) 과자하고 커피하고 빵을 샀어요.
餅乾、咖啡和麵包。 ○ ✕

2) 과자는 한 개에 삼천 원이에요.
餅乾一個是3,000元。 ○ ✕

3) 커피를 세 개 샀어요.
買了三罐咖啡。 ○ ✕

4) 모두 사천육백 원이에요.
總共是4,600元。 ○ ✕

• 語言提點

「샀어요」為「買了」的意 思。「한 개에」為「每一個」 的意思。

✏️ 寫作_쓰기

1 최근에 슈퍼마켓을 이용한 경험에 대한 글을 써 보세요.

請將各位最近去超市的經驗寫成一篇文章。

● 여러분은 최근에 슈퍼마켓에서 무엇을 몇 개 샀어요?
값은 얼마였어요? 메모해 보세요.

各位最近在超市買了多少數量的什麼東西呢？價格是多少呢？請簡單地紀 錄下來。

品目 品項	수량 數量	가격 價格
합계 總計		원

● 위의 메모를 보고 슈퍼마켓에서 무엇을 샀는지 써 보세요.

請依照以上的紀錄，寫寫看各位在超市買了什麼東西。

자기 평가 ✏️ 　　　　　　　　　　　　自我評價

● 슈퍼마켓에서 물건을 살 수 있습니까?
各位會在超市買東西嗎？

非常棒 ●━━●━━●━━● 待加強

● 영수증을 확인하고 쇼핑 경험을 쓸 수 있습니까?
各位能核對收據，並且寫出自己的購物經驗嗎？

非常棒 ●━━●━━●━━● 待加強

1 −(으)세요

- 「-(으)세요」是在命令或者邀請時，接在動詞語幹後使用。這是在非正式的場合與較熟悉的顯達人士或者長輩說話時，以及和不怎麼親近且社會地位較低的人士說話時使用。

- 依照語幹最後的字而使用不同的形態。
  a. 如果語幹是以母音結尾的話，使用「-세요」。
  b. 如果語幹是以子音結尾的話，則使用「-으세요」。

  (1) 주스를 주세요. 請給我果汁。
  (2) 문을 여세요.
  (3) 앉으세요.
  (4) 오늘 전화하세요.
  (5) 텔레비전을 _____.
  (6) 책을 _____.

2

−하고、−와/과

- 「-하고」和「-와/과」使用在兩個名詞之間，如同「그리고」一般，是用來連結兩個名詞。一般來說，「-하고」用在非正式場合的對話中，而「-와/과」則在寫文章時或者正式場合的對話中使用。

- 「-하고」可以使用在所有的名詞後，不管其前面的名詞為何。但是「-와/과」則會根據前面名詞的最後一個字來選擇使用。
  a. 當名詞以母音結尾時，使用「-와」。
  b. 當名詞以子音結尾時，則使用「-과」。

  > 과자하고 빵
  > 빵하고 과자
  > 과자와 빵
  > 빵과 과자

(1) 과자하고 주스를 주세요. 請給我餅乾和果汁。

(2) 빵하고 우유를 사요.

(3) 김영미 씨와 박민성 씨가 있어요.

(4) 치약과 칫솔을 사요.

(5) 콜라_____ 빵을 사세요.

(6) _____ 주세요.

3 수량 명사 數量詞

韓語在數人數或東西時，分別會用不同的數量詞。以下是最常被使用的數量詞。

~ 개 個	~ 명 名	~ 잔 杯
~ 그릇 碗	~ 병 瓶	~ 마리 隻

在數人數或東西時，會使用固有的數字，其順序為「數冠形詞＋數量詞」。而一到四須變為 한, 두, 세, 네 來使用。

한 개 一個	두 개 兩個	세 개 三個	네 개 四個
한 병 一瓶	두 병 兩瓶	세 병 三瓶	네 병 四瓶
한 명 一名	두 명 兩名	세 명 三名	네 명 四名

此外，在一般的對話或寫作上要數數時，最適當的語順為「名詞＋數冠形詞＋數量詞」。

사과 두 개 兩個蘋果	주스 세 병 三瓶果汁	친구 한 명 一位朋友

(1) 사과 두 개를 주세요. 請給我兩個蘋果。

(2) 주스 한 병을 주세요.

(3) 라면을 네 개 사요.

(4) 한국 친구가 세 명 있어요.

(5) 비누 ____ ____ 주세요.

(6) _____ _____ _____ 주세요.

제4과 일상생활 II
日常生活（二）

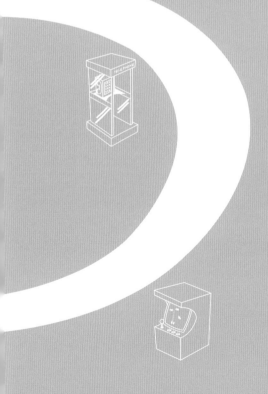

目標
各位將能談論過去的事件以及日常的工作。

主題	日常生活
功能	談論過去的事件和日常的工作
活動	聽力：聆聽有關當日工作的對話
	口説：談論日常的工作
	閱讀：閱讀有關日常工作的文句
	寫作：書寫昨天和今天所做的事情
語彙	時間（時／分）、一天的日常作息
文法	－았／었／였어요、안、－에（時間）、－에서
發音	ㅂ和ㅃ
文化	時間與住址的書寫方式

제4과 일상생활 II 日常生活（二）

1. 무슨 그림입니까? 이 사람이 무엇을 해요?

   這是什麼圖片呢？這個人在做什麼呢？

2. 여러분은 어제 무엇을 했어요? 오늘은 무엇을 해요?

   各位昨天做了什麼呢？今天要做什麼呢？

1

敏秀和雅曼達在星期一早上見面，兩人正在談論上個週末所做過的事情。

민　수 : 아만다 씨, 토요일에 뭐 했어요?

아만다 : 기숙사에 있었어요.

민　수 : 기숙사에서 뭐 했어요?

아만다 : 청소했어요. 그리고 좀 쉬었어요.
　　　　　민수 씨는 뭐 했어요?

민　수 : 나는 친구를 만났어요.

● 新語彙

토요일	星期六
기숙사	宿舍
(기숙사)에 있다	在（宿舍）
좀	稍微、一點
쉬다	休息

2

영진 : 린다 씨, 몇 시에 일어나요?

린다 : 여섯 시쯤 일어나요.

영진 : 와! 그럼 아침에 뭘 해요?

린다 : 운동을 해요. 그리고 신문을 봐요.

영진 : 학교에 일찍 와요?

린다 : 여덟 시 반쯤 와요.

● 新語彙

몇 시	幾點
일어나다	起床
여섯 시쯤	六點左右
와	和、與
그럼	那麼
아침	早上
일찍	早、提早
반	半

3

오늘은 오전에 수업이 있었어요.
그리고 오후에 친구를 만났어요.
친구하고 같이 테니스를 쳤어요.
저녁에는 가족에게 이메일을
보냈어요.

● 新語彙

오전	上午
수업	上課
오후	下午
친구하고	和朋友
테니스를 치다	打網球
저녁	晚上
가족에게	給家人、向家人
이메일을 보내다	寄電子郵件

1 과거형을 익혀 보세요.

請試著熟悉過去式。

新語彙

빨래하다 洗衣服

 보기1
　　　　살다　　　　살았어요.　　住了。

❶ 놀다　　　　❷ 가다　　　　❸ 자다
❹ 만나다　　　❺ 오다　　　　❻ 보다

▶발음 發音

 보기2
　　　　먹다　　　　먹었어요.　　吃了。

❶ 읽다　　　　❷ 웃다　　　　❸ 마시다
❹ 기다리다　　❺ 듣다　　　　❻ 쓰다

ㅂ 和 ㅃ

불　　　　뿔

 보기3
　　　　공부하다　　　공부했어요.　　學了。

❶ 이야기하다　❷ 일하다　　　❸ 전화하다
❹ 대답하다　　❺ 질문하다　　❻ 빨래하다

當「ㅂ」使用在字的開頭時，會發成語調較低的音，而「ㅃ」則會發成語調較高的音。在發「ㅂ」的音時，要暫時合起雙唇再發音，而在發「ㅃ」的音時，則要合起雙唇更久一些再發音。就「ㅂ」而言，發出聲音時會有些微的送氣音，而「ㅃ」則無。

2 〈보기〉와 같이 묻고 대답해 보세요.

請照著〈範例〉，試著提問與回答看看。

▶연습해 보세요.
(1)가 : 빨래해요?
　　나 : 네, 빨래해요.
(2)가 : 바빠요?
　　나 : 네, 바빠요.
(3)방에서 빵을 먹어요.
(4)빨리 병원에 가세요.

 보기

가 : 어제 뭘 했어요?
　　昨天做了什麼呢？

나 : 친구를 만났어요.
　　見了朋友。

❶ 　❷ 　❸

❹ 　❺ 　❻

新語彙

영화 電影

편지 信

3 〈보기〉와 같이 묻고 대답해 보세요.

請照著範例，試著提問與回答。

> 보기
>
> 친구를 만나다
>
> 가 : 어제 친구를 만났어요?
> 昨天見朋友了嗎？
>
> 나 : 아니요, (친구를) 안 만났어요.
> 不，沒見（朋友）。

❶ 영화를 보다　　❷ 공부를 하다　　❸ 책을 읽다
❹ 편지를 쓰다　　❺ 전화를 하다　　❻ 음악을 듣다

4 〈보기 1〉이나 〈보기 2〉와 같이 묻고 대답해 보세요.

請照著〈範例1〉或〈範例2〉，試著提問與回答看看。

> 보기1
>
>
>
> 가 : 어제 친구를 만났어요?
> 昨天見朋友了嗎？
>
> 나 : 네, 친구를 만났어요.
> 是的，見朋友了。

> 보기2
>
>
>
> 가 : 어제 친구를 만났어요?
> 昨天見朋友了嗎？
>
> 나 : 아니요, 안 만났어요.
> 不，沒見面。

5 〈보기〉와 같이 묻고 대답해 보세요.
請照著〈範例〉，試著提問與回答看看。

> **보기**
>
>
>
> 가 : 지금 몇 시예요?
> 　　現在是幾點？
>
> 나 : 한 시 삼십 분이에요. / 한 시 반이에요.
> 　　是一點三十分。/ 是一點半。

❶ 　　**❷** 　　**❸**

❹ 　　**❺** 　　**❻**

▪ 시 點、時	
한 시	一點
두 시	二點
세 시	三點
네 시	四點
다섯 시	五點
여섯 시	六點
일곱 시	七點
여덟 시	八點
아홉 시	九點
열 시	十點
열한 시	十一點
열두 시	十二點

6 〈보기〉와 같이 묻고 대답해 보세요.
請照著〈範例〉，試著提問與回答看看。

> **보기**
>
> 학교에 오다 / 8:00
>
> 가 : 몇 시에 학교에 왔어요?
> 　　幾點來了學校？
>
> 나 : 여덟 시에 (학교에) 왔어요.
> 　　八點來了（學校）。

❶ 친구를 만나다 / 3:00　　**❷** 집에 가다 / 6:00
❸ 수업이 끝나다 / 1:00　　**❹** 밥을 먹다 / 7:30
❺ 전화를 하다 / 11:20　　**❻** 한국어를 공부하다 / 9:30

▪ 분 分	
일 분	一分
이 분	兩分
삼 분	三分
십 분	十分
십일 분	十一分
십이 분	十二分
이십 분	二十分
삼십 분	三十分
반	半

▪ 新語彙	
끝나다	結束

7 〈보기〉와 같이 묻고 대답해 보세요.
請照著〈範例〉，試著提問與回答看看。

> **보기**
>
> 한국어를 공부하다 / 오전
>
> 가 : 언제 한국어를 공부해요?
> 　　什麼時候學習韓語呢？
>
> 나 : 오전에 공부해요.
> 　　在上午學習。

❶ 운동을 하다 / 아침　　**❷** 학교에 가다 / 오후
❸ 수업이 있다 / 오전　　**❹** 텔레비전을 보다 / 저녁
❺ 편지를 쓰다 / 밤　　**❻** 친구를 만나다 / 낮

▪ 시간 1 時間1	
언제	什麼時候
오전	上午
오후	下午
아침	早上
점심	中午
저녁	晚上
낮	白天
밤	夜晚

⑧ 〈보기〉와 같이 묻고 대답해 보세요.
請照著〈範例〉，試著提問與回答看看。

보기
오전

가 : 친구를 오전에 만났어요?
在上午見朋友了嗎？

나 : 네, 오전에 만났어요.
是的，在上午見了。

❶ 오늘　　❷ 어제　　❸ 그저께

❹ 조금 전　　❺ 오늘 10시　　❻ 어제 저녁

■ 시간 2　時間2
오늘　今天
어제　昨天
그저께　前天
내일　明天
모레　後天
조금 전　前不久
조금 후　稍後

⑨ 〈보기〉와 같이 묻고 대답해 보세요.
請照著〈範例〉，試著提問與回答看看。

보기
극장, 영화를 보다

가 : 어제 뭐 했어요?
昨天做了什麼呢？

나 : 극장에서 영화를 봤어요.
在電影院看了電影。

❶ 집, 쉬다　　　　❷ 시내, 친구를 만나다

❸ 학교, 공부하다　　❹ 도서관, 책을 읽다

■ 語言提點
「-에」不接在오늘、내일、
어제、그저께和모레後使用。

■ 語言提點
在使用一個以上的時間表現
時，單位較大的時間必須先
使用。
▶例 : 오늘 오후, 어제 저녁

⑩ 〈보기〉와 같이 묻고 대답해 보세요.
請照著〈範例〉，試著提問與回答看看。

보기

어제 / 집에 있다, 쉬다

가 : 어제 뭐 했어요?
昨天做了什麼呢？

나 : 집에 있었어요.
待在家裡。

나 : 집에서 뭐 했어요?
在家裡做了什麼呢？

나 : 쉬었어요.
休息了。

❶ 토요일 / 공원에 가다, 운동을 하다

❷ 오전 / 기숙사에 있다, 청소하다

❸ 어제 / 집에 있다, 책을 읽다

❹ 오늘 / 시내에 가다, 친구를 만나다

■ 新語彙
시내　市區

11 다음 그림을 보고, 이 사람이 무슨 활동을 하는지
이야기해 보세요.

請在看完以下的圖片後，說說看這個人在做什麼活動。

하루 일과 一天的日常作息

일어나다	起床
자다	睡覺
샤워하다	淋浴
학교에 가다	去學校
수업이 시작되다	開始上課
수업이 끝나다	下課
출근하다	上班
퇴근하다	下班
일하다	工作
청소하다	打掃
요리하다	煮飯
빨래하다	洗衣服

聽力_듣기

1 다음 대화를 듣고 맞는 시간을 고르세요.

請在聽完以下對話後，選出正確的時間。

1) ❶ 어제   2) ❶ 오전   3) ❶ 6:00

    ❷ 오늘   ❷ 오후   ❷ 8:00

2 아만다와 케빈이 대화하고 있습니다. 잘 듣고 질문에 대답하세요.

雅曼達和凱文正在談話。請仔細聽完後，回答問題。

1) 케빈 씨는 오늘 무슨 수업이 있어요?

    ❶ 한국어   ❷ 한국어와 역사

2) 몇 시에 수업이 끝나요?

    ❶ 4:00   ❷ 2:00

3) 오늘 저녁에 아만다 씨하고 케빈 씨는 만나요?

    ❶ 네, 만나요.   ❷ 아니요, 안 만나요.

 **문화** **시간, 주소 쓰는 방법** 時間與地址的書寫方式

● 여러분의 나라에서는 시간을 중복해서 쓰거나, 날짜를 쓰거나, 주소를 쓸 때, 어떤 순서로 씁니까?

在各位的國家中，時間、日期和地址的書寫順序是如何呢？

在韓語中，使用一個以上的時間表現時，單位較大的時間會先使用。因此，當要用「오늘, 오전, 아홉 시」來造句時，必須説成「오늘 오전 아홉 시」。當講到出生日期時，則須以「1984년 3월 30일」這樣的順序來使用。而住址則必須以「서울 특별시 성북구 안암동 5가 1번지」這樣的順序來書寫。

내일 오전에 뭐 해요?   明天上午要做什麼呢？

오늘 오후 세 시쯤 시간 있어요?   今天下午三點左右有時間嗎？

7월 12일에 만났어요.   在7月12日見面了。

저는 일본 도쿄에서 왔어요.   我是從日本東京來的。

🎤 口說_말하기

1 친구들이 어제 어떤 활동을 했는지 알아보세요.
請瞭解一下朋友們昨天做了什麼活動。

- 물어 볼 활동이 어떤 것인지 읽어 보고 다음 빈 칸에
  여러분이 묻고 싶은 내용을 쓰세요.
  請先讀讀看要問的活動是哪些後，在以下的空格中填入各位想問的內容。

활동 ＼ 이름			
운동을 하다			
공부를 하다			
영화를 보다			

- 친구들은 위의 활동을 했는지, 언제 했는지 물어 보세요.
  그리고 〈보기〉와 같이 관련된 질문을 해 보세요.
  請問問看朋友們是否做了以上的活動，而且是在何時做的。然後照著
  〈範例〉，提出相關問題看看。

> **보기**
>
> 가 : 어제 운동을 했어요?
>
> 나 : 네, 했어요.
>
> 가 : 언제 운동을 했어요?
>
> 나 : 아침에 했어요.
>
> 가 : 무슨 운동을 했어요?
>
> 나 : 테니스를 쳤어요.

2 옆 친구와 하루 일과에 대해 이야기를 해 보세요.
請和旁邊的朋友說說看各位一天的日常作息。

1) 보통 몇 시에 일어나요? 그리고 뭐 해요?
2) 아침에 뭘 먹어요? 그리고 어디에서 점심을 먹어요?
   보통 누구하고 먹어요?
3) 몇 시에 학교에 와요? / 몇 시에 회사에 가요?
4) 오후에 보통 뭐 해요? 그리고 집에 몇 시에 가요?
5) 저녁에 뭐 해요? 텔레비전을 많이 봐요? 그리고 몇 시에 자요?

新語彙

보통　一般、平常

점심을 먹다　吃午餐

누구하고　和誰

많이　多地

閱讀_읽기

1 다음 그림과 편지를 비교해 차이점을 찾아보세요.

請比較以下的圖畫和信的內容，找出相異之處。

● 다음 그림은 마이클 씨가 오늘 한 활동입니다. 언제
무슨 활동을 했는지 살펴보세요.

以下是麥可今天所做的活動。請觀察看看他何時做了什麼活動。

● 다음은 마이클 씨가 여자 친구 경미 씨에게 쓴 이메일
입니다. 마이클 씨는 경미 씨에게 거짓말로 이메일을
썼습니다. 위의 그림과 이메일 내용을 비교한 후, 마이클
씨가 어떤 거짓말을 했는지 이야기해 보세요.

以下是麥可寫給女朋友京美的電子郵件。麥可在給京美的電子郵件中撒了
謊。請在比較過上圖和電子郵件的內容後，說說看麥可說了什麼樣的謊言。

메일 쓰기	○○○
보낸 사람	마이클
받는 사람	경미
제목	

오늘은 오전에 수업이 있었어요. 열두 시에 수업이 끝났어요. 나는
점심을 먹고 도서관에 갔어요. 그리고 저녁 일곱 시까지 도서관에
서 공부했어요. 그리고 학교에서 삼십 분쯤 조깅을 했어요. 여덟
시쯤에 집에 왔어요. 저녁을 먹고 경미 씨에게 편지를 써요.

✎ 寫作_쓰기

1 여러분이 어제와 오늘 한 일을 써 보세요.
請各位寫寫看昨天與今天做過的事。

● 먼저 언제, 어디에서, 무엇을 했는지 생각한 후 메모해
  보세요.
  請先想想看各位在何時何地做了什麼事,然後簡單地寫下來。

● 메모한 내용을 바탕으로 위의 행동을 한 장소와 시간을
  구체적으로 밝히며 글을 써 보세요.
  請以上方所寫的內容為基礎,寫出一篇文章來具體地描述活動的場所與時間。

자기 평가 ✐   自我評價

● 어제 한 일을 이야기할 수 있습니까?
  各位能說出昨天做了什麼事嗎?   非常棒 ●——●——●——● 待加強

● 하루 일과에 대해 이야기할 수 있습니까?
  各位能說出一天的日常作息嗎?   非常棒 ●——●——●——● 待加強

● 하루 일과를 설명하는 글을 읽고 쓸 수 있습니까?
  各位能讀懂,並且寫出說明自己一天日常作息的文章嗎?   非常棒 ●——●——●——● 待加強

1 –았/었/였어요

● 「-았/었/였어요」是表現過去時制的語尾。這裡是把「-았 / 었 / 였-」和「-어요.」結合在一起的形態。在和社會地位較高的人或者和不熟悉的人輕鬆地對話時以及日常生活中都常被使用。可用在陳述句或疑問句中。

> 먹다　먹 + 었 + 어요 → 먹었어요. / 먹었어요?
>
> 　　　　　　　　吃了。/ 吃了嗎？

● 依照語幹的母音可分為三種形態。
a. 語幹的母音為「ㅏ」或者「ㅗ」時，使用「-았어요」。
b. 語幹的母音非「ㅏ」或者「ㅗ」時，則使用「-었어요」。
c. 「하다」的正確形態本為「하였어요」，但通常都會縮寫成「했어요」。

> 살다　　살 + 았어요 → 살았어요
> 먹다　　먹 + 었어요 → 먹었어요
> 학생이다　학생이 + 었어요 → 학생이었어요
> 일하다　일하 + 였어요 → 일하였어요 → 일했어요

● 與表現現在時制的「-아 / 어 / 여요」一樣，如果動詞語幹是以母音結尾，（母音重複時）那個母音就會省略，或者會與前面的母音結合成複合母音。

> 가다　가 + 았어요 → 갔어요
> 서다　서 + 었어요 → 섰어요
> 오다　오 + 았어요 → 왔어요
> 마시다　마시 + 었어요 → 마셨어요

基本形	語幹	語尾	省略/縮寫	陳述句	疑問句
살다	살	았어요	/	살았어요	살았어요?
가다	가	았어요	갔어요	갔어요	갔어요?
보다	보	았어요	봤어요	봤어요	봤어요?
먹다	먹	었어요	/	먹었어요	먹었어요?
기다리다	기다리	었어요	기다렸어요	기다렸어요	기다렸어요?
의사이다	의사이	었어요	의사였어요	의사였어요	의사였어요?
하다	하	였어요	했어요	했어요	했어요?
놀다					
만나다					
공부하다					
읽다					
학생이다					

(1) 가 : 어제 친구를 만났어요? 昨天見朋友了嗎？

　　나 : 네, 친구를 만났어요. 是的，見朋友了。

(2) 가 : 밥을 먹었어요?

　　나 : 네, 먹었어요.

(3) 가 : 어제 뭐 했어요?

　　나 : 운동을 했어요.

(4) 가 : 책을 다 ＿＿＿＿＿＿＿＿＿？ (읽다)

　　나 : 네, 다 ＿＿＿＿＿＿＿＿＿.

(5) 가 : 수미에게 ＿＿＿＿＿＿＿＿＿？ (전화하다)

　　나 : 네, ＿＿＿＿＿＿＿＿＿.

(6) 가 : 재미있게 ＿＿＿＿＿＿＿＿＿？ (놀다)

　　나 : 네, 재미있게 ＿＿＿＿＿＿＿.

● 新語彙

다 全、都

재미있게 놀다 玩得愉快

2 안

● 如果想把使用動詞和形容詞的陳述句或者疑問句變成否定句時，只需在敘述語（動詞或形容詞）前加上「안」即可。

점심을 먹었어요. 吃了午餐。

점심을 안 먹었어요. 沒吃午餐。

● 由「名詞 + 하다」（例如：공부하다、전화하다、이야기하다之類）所組成的大部分動詞，若是想改為否定句的話，則須把「안」放在名詞與「하다」之間。

> 공부하다 → 공부(를) 안 하다 (○)
> 　　　　　안 공부하다 (×)

(1) 오늘 친구를 안 만났어요. 今天沒見朋友。

(2) 오늘은 안 바빠요.

(3) 미도리 씨가 학교에 안 왔어요.

(4) 청소를 안 했어요?

(5) 나는 어제 _____. (텔레비전을 보다)

(6) 수미에게 _____. (전화하다)

3 -에

● 「-에」這個字是用來表現某一事件已經發生或者將會發生的時間。「언제」
（意即「何時」）則是在詢問有關時間的事項時使用。

가 : 언제 수미 씨를 만났어요? 什麼時候見了秀美？

나 : 오전에 만났어요. 在上午見面了。

● 但是，「-에」不使用在「지금、오늘、내일、모레、어제、그저께」之後。

(1) 아침에 운동을 해요. 在早上運動。

(2) 내일 공원에 가요?

(3) 한 시에 친구를 만났어요.

(4) 열 시에 집에 갔어요.

(5) _____ 신문을 봐요. (아침)

(6) _____. (오늘 오후)

4 -에서

● 「-에서」接在表現活動場所的名詞之後，且必須與動詞一起使用。

가: 어디에서 점심을 먹었어요? 在哪裡吃了午餐呢？

나: 서울 식당에서 먹었어요. 在首爾餐廳吃了午餐。

(1) 마이클 씨는 지금 도서관에서 공부해요. 麥可現在在圖書館學習。

(2) 서울에서 친구를 만났어요.

(3) 집에서 텔레비전을 볼 거예요.

(4) 이 우산을 _____ 샀어요?

(5) 어제 _____ 영화를 봤어요.

제5과 위치
位置

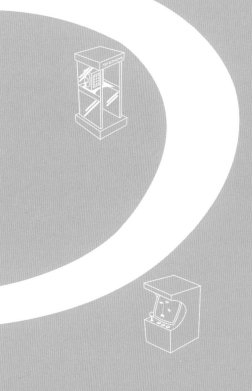

目標
各位將能詢問並回答有關位置、場所與物品的相關問題

主題	位置
功能	說明物品和場所的位置、問路、指路
活動	聽力：聆聽有關問路和回答的對話
	口說：詢問如何去到目的地
	閱讀：閱讀有關方向的文句
	寫作：書寫有關方向的文句
語彙	場所、房間/學校裡的物品、位置、方向、移動
文法	−이 / 가、−에 있다 / 없다、− (으)로 가다
發音	位於音節最後的子音 ㅁ、ㄴ、ㅇ
文化	感謝&道歉

제5과 위치 位置

1. 두 사람은 무슨 이야기를 하고 있을까요?
   這兩個人正在說什麼呢？

2 길을 묻거나 알려 줄 때 어떻게 말해요?
   在問路或指路時，要怎麼說呢？

대화 & 이야기

對話 & 敍述

1

수잔 : 영미 씨, 하나 커피숍이 어디에 있어요?

영미 : 하나 극장을 알아요?

수잔 : 네, 알아요. 공원 옆에 있어요.

영미 : 하나 커피숍은 하나 극장 4층에 있어요.

수잔 : 고마워요.

新語彙

어디에 있어요? 在哪裡呢?

알다 知道

공원 公園

옆 旁邊

(4)층 (4) 樓

고마워요. 謝謝。

2

행인 1 : 실례합니다. 이 근처에 서점이 있어요?

행인 2 : 네, 있어요. 저기 서울 백화점이 있지요?

행인 1 : 네, 있어요.

행인 2 : 서울 백화점 앞에서 길을 건너가세요.
　　　　그리고 왼쪽으로 100미터쯤 가세요.
　　　　거기에 서점이 있어요.

행인 1 : 감사합니다.

新語彙

실례합니다.
對不起。/ 不好意思。

근처 附近

서점 書店

저기 那裡

(백화점이) 있지요?
有（百貨公司）吧？

앞 前面

길 路

건너가다 越過

왼쪽 左邊

100미터쯤 100公尺左右

거기 那裡

감사합니다. 謝謝。

3

우리 집은 안암역 근처에 있어요. 안암역 사거리에
우체국이 있어요. 우체국 앞에서 오른쪽으로 100미터쯤
가세요. 거기에 슈퍼마켓이 있어요. 슈퍼마켓 앞에서
길을 건너가세요. 거기에 우리 집이 있어요.

新語彙

우리 집 我們家

안암역 安岩站

사거리 十字路口

오른쪽 右邊

말하기 연습

口說練習

1 다음 그림을 보고 〈보기 1〉이나 〈보기 2〉와 같이 이야기해 보세요.

請在看完以下的圖片後，照著〈範例1〉或〈範例2〉，試著說說看。

■ 장소 場所
서점　書店
문방구　文具店
미용실　美容院
이발소　理髮店
버스 정류장　公車站
지하철역　地鐵站

 보기1　우체국이 있어요. 有郵局。

보기2　가게가 있어요. 有商店。

2 다음 그림을 보고 〈보기 1〉이나 〈보기 2〉와 같이 묻고 대답해 보세요.

請在看完以下的圖片後，照著〈範例1〉或〈範例2〉，試著提問與回答看看。

■ 방 안 사물 房間內物品
책상　書桌
의자　椅子
컴퓨터　電腦
침대　床
거울　鏡子
시계　手錶、時鐘
옷장　衣櫥
문　門
창문　窗戶
달력　月曆
신문　報紙

보기1

책상

가 : 책상이 있어요?
有書桌嗎？

나 : 네, 책상이 있어요.
是的，有書桌。

보기2

컴퓨터

가 : 컴퓨터가 있어요?
有電腦嗎？

나 : 아니요, 컴퓨터가 없어요.
不，沒有電腦。

❶ 침대　　　　❷ 신문　　　　❸ 거울

❹ 시계　　　　❺ 의자　　　　❻ 옷

3 〈보기〉와 같이 이야기해 보세요.

請照著〈範例〉，試著說說看。

> 보기
>
> 교실 , 칠판　　교실에 칠판이 있어요.
> 在教室裡有黑板。

■ 학교 사물 學校的物品

교실	教室
칠판	黑板
가방	包包
책	書
노트	筆記本

❶ 방, 침대　　　❷ 교실, 달력　　　❸ 가방, 책

❹ 방, 텔레비전　❺ 교실, 컴퓨터　❻ 가방, 노트

4 다음 그림을 보고 〈보기〉와 같이 이야기해 보세요.

請在看完以下的圖片後，照著〈範例〉，試著說說看。

■ 語言提點

「어디에 있어요?」는 詢問 什麼或誰在哪裡時使用。 説話時，一般會省略助詞 「-에」。

> 보기
>
>
> 은행
> 수 미
>
> 가 : 수미가 어디에 있어요?
> 秀美在哪裡？
>
> 나 : 은행에 있어요.
> 在銀行。

❶

약국

린다

❷

Book

조셉

❸

나탈리

❹

Hair

에리

❺

cinema

밍밍

❻

Restaurant

마이클

5 다음 그림을 보고 〈보기〉와 같이 묻고 대답해 보세요.

請在看完以下的圖片後,照著〈範例〉,試著提問與回答看看。

보기

가 : 고양이가 어디에 있어요?
貓在哪裡呢?

나 : 의자 위에 있어요.
在椅子上。

❶ 　　❷ 　　❸

❹ 　　❺ 　　❻

6 다음 그림을 보고 〈보기〉와 같이 묻고 대답해 보세요.

請在看完以下的圖片後,照著〈範例〉,試著提問與回答看看。

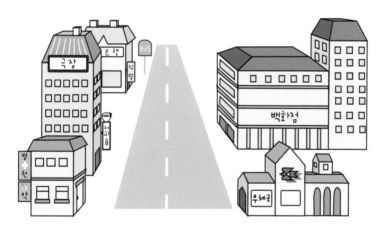

보기

은행 / 식당

가 : 은행이 어디에 있어요?
銀行在哪裡呢?

나 : 식당 위에 있어요.
在餐廳上方。

❶ 약국 / 병원　　　　❷ 버스 정류장 / 식당

❸ 커피숍 / 약국, 식당　❹ 백화점 / 극장

❺ 극장 / 커피숍　　　　❻ 우체국 / 백화점

위치 位置

앞	前面
뒤	後面
옆	旁邊
위	上面
아래/밑	下面 / 底下
안	裡面
밖	外面
사이	之間
건너편	對面

新語彙

상자 箱子

발음 發音

位於音節最後的子音ㅁ、ㄴ、ㅇ

잠

잔

장

「ㅁ」是閉上嘴唇發音,「ㄴ」是用舌尖去碰上牙齦發音,而「ㅇ」則是用舌背面貼在下顎發音。

잠　　잔

장

▶연습해 보세요.

(1) 서점, 아침, 점심

(2) 사전, 우산, 인사

(3) 공, 가방, 노래방

7 〈보기 1〉이나 〈보기 2〉와 같이 이야기해 보세요.
請照著〈範例1〉或〈範例2〉，試著說說看。

| 보기1 | 위 | 위로 가세요. 請往上走。 |

| 보기2 | 밖 | 밖으로 가세요. 請往外走。 |

방향 方向

오른쪽 右邊
왼쪽 左邊
이쪽 這邊
저쪽 那邊

❶ 아래　　　　❷ 오른쪽　　　　❸ 왼쪽

❹ 옆　　　　　❺ 이쪽　　　　　❻ 저쪽

8 〈보기〉와 같이 길을 묻고 대답해 보세요.
請照著〈範例〉，試著問路和回答看看。

| 보기 | 고려 병원 / 똑바로 가다 | 가 : 고려 병원이 어디에 있어요? 高麗醫院在哪裡呢？
나 : 똑바로 가세요. 請直走。 |

이동 移動

똑바로 가다　直走

오른쪽/왼쪽/이쪽/저쪽으로 가다
往右邊 / 左邊 / 這邊 / 那邊走

길을 건너가다
過馬路

올라가다　上去

내려가다　下去

들어가다　進去

나가다　出去

돌아가다　回去、繞行

❶ 하나 은행/오른쪽으로 가다　　❷ 우체국/저쪽으로 가다

❸ 서울 커피숍 / 2층으로 올라가다　❹ 공중전화/안으로 들어가다

❺ 버스 정류장/밖으로 나가다　　❻ 안암 극장/길을 건너가다

9 〈보기〉와 같이 길을 묻고 대답해 보세요.
請照著〈範例〉，試著問路和回答看看。

| 보기 | 우체국 / 은행 앞, 오른쪽으로 가다 | 가 : 실례합니다. 우체국이 어디에 있어요? 不好意思。請問郵局在哪裡呢？
나 : 저기 은행 앞에서 오른쪽으로 가세요. 請在那個銀行前面右轉。
가 : 고맙습니다. 謝謝。 |

新語彙

삼거리 三岔路

❶ 병원 / 극장 앞, 왼쪽으로 가다

❷ 은행 / 식당 앞, 길을 건너가다

❸ 서울 식당 / 미용실 앞, 오른쪽으로 돌아가다

❹ 삼거리 / 똑바로 100미터쯤 가다

❺ 사거리 / 오른쪽으로 50미터쯤 가다

10 〈보기〉와 같이 길을 묻고 대답해 보세요.

請照著〈範例〉，試著問路和回答看看。

◖新語彙

빌딩 大樓、建築

> 보기
>
> 우체국 /
> 옆
>
> 가 : 실례지만 이 근처에 우체국이 있어요?
> 不好意思，請問這附近有郵局嗎？
>
> 나 : 네, 있어요. 저기 서울 빌딩이 있지요?
> 是的，有。那邊有一棟*首爾*大樓吧？
>
> 가 : 네, 있어요.
> 是的，有。
>
> 나 : 우체국은 서울 빌딩 옆에 있어요.
> 郵局就在*首爾*大樓的旁邊。

❶ 극장 / 5층　　❷ 슈퍼마켓 / 앞　　❸ 은행 / 옆

❹ 서점 / 안　　❺ 약국 / 건너편　　❻ 병원 / 오른쪽

活動

聽力_듣기

1 어떤 방의 모습을 설명하고 있습니다. 내용을 잘 듣고 설명이 맞으면 ○, 설명이 틀리면 ✕에 표시하세요.

現在正在說明某房間的樣貌。請仔細聆聽內容，如果說明正確的話，請標示○。錯誤的話，請標示✕。

1) ○ ✕
2) ○ ✕
3) ○ ✕
4) ○ ✕

2 어떤 장소가 어디에 있는지 묻고 있습니다. 잘 듣고 묻는 곳이 어느 곳인지 기호를 쓰세요.

有人正在詢問某個場所的位置。請在仔細聽完後，正確標示出詢問場所的代號。

1) _____
2) _____
3) _____
4) _____

3 다음 대화를 잘 듣고 어느 곳인지 표시하세요.

請在仔細聽完以下的對話後，標示出是哪一個地方。

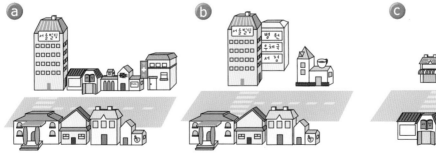

🎤 口說_말하기

1 다음 지도를 이용하여 A와 B가 되어 길을 묻고 가르쳐 주세요.

請使用以下的地圖，扮演A和B的角色，練習問路和指路。

1) A 약국을 찾고 있어요. 길을 가는 사람에게 물어 보세요.

各位正在找藥局。請問問看路過的人。

B A가 길을 물어 보면 알려 주세요.

如果A向各位問路的話，請告訴他該怎麼走。

2) A 서점을 찾고 있어요. 길을 가는 사람에게 물어 보세요.

各位正在找書店。請問問看路過的人。

B A가 길을 물어 보면 알려 주세요.

如果A向各位問路的話，請告訴他該怎麼走。

3) A 극장을 찾고 있어요. 길을 가는 사람에게 물어 보세요.

各位正在找電影院。請問問看路過的人。

B A가 길을 물어 보면 알려 주세요.

如果A向各位問路的話，請告訴他該怎麼走。

📖 閱讀_읽기

1 마이클 씨는 오늘 영준 씨와 약속을 했습니다. 영준 씨가 약속
장소를 알려 주는 메모를 써 주었습니다. 다음 글을 잘 읽고 마이클
씨가 어느 커피숍으로 가야 할지 찾아보세요.

*麥可今天和榮俊有約。榮俊寫給麥可一張告訴約定地點的紙條。請在仔
細閱讀以下的文章後，找找看麥可要去的咖啡店是哪一家。*

> 마이클 씨,
>
> 고려 커피숍은 지하철역에서 가까워요.
>
> 지하철역 옆에 고려 극장이 있어요. 고려 극장에서 오른쪽
>
> 으로 100미터쯤 오세요. 거기에 슈퍼마켓이 있어요.
>
> 고려 커피숍은 슈퍼마켓 2층에 있어요.

 **문화** '고맙습니다', '미안합니다', '괜찮습니다' 感謝&道歉

● 한국 사람들은 다음과 같은 상황에서 어떤 말을 할까요?
韓國人在以下的情況會説些什麼話呢？

A : 고맙습니다. / 감사합니다.
B : 아니에요. / 별 말씀을요.

A : 미안합니다. / 죄송합니다.
B : 아니에요. / 괜찮아요.

 「감사합니다.」和「죄송합니다.」是比「고맙습니다.」和「미안합니다.」更加恭敬的表現。

● 친구와 감사/사과의 인사를 해 보세요.
請和朋友練習看看如何感謝和道歉。

1 친구와 안암 식당에서 만나기로 했는데, 친구가 위치를 잘 모릅니다. 그래서 친구에게 찾아오는 방법을 알려 주려고 합니다. 다음 지도를 보고 안암 식당의 위치를 설명하는 글을 써 보세요.

각위和朋友打算在安岩餐廳見面，但是朋友不清楚位置。因此各位想告訴朋友來餐廳的方法。請看完以下的地圖後，試著寫一篇說明安岩餐廳位置的文章。

자기 평가 🖊   自我評價

● 위치를 설명할 수 있습니까?
  各位能說明位置嗎？
        非常棒 ●━━●━━●━━● 待加強

● 길을 묻거나 알려 줄 수 있습니까?
  各位會問路或指路嗎？
        非常棒 ●━━●━━●━━● 待加強

● 위치를 설명하는 길을 읽고 쓸 수 있습니까?
  各位能讀懂，並且書寫說明位置的文章嗎？
        非常棒 ●━━●━━●━━● 待加強

1 –이/가

● 「-이/가」為主格助詞,接於表現句子主語的名詞之後。

친구가 와요. 朋友要來。

옷이 비싸요. 衣服很貴。

● 依照助詞前名詞的最後一字,使用上分為兩種形態。

a. 如果前面的名詞是以子音結尾的話,使用「-이」。

b. 如果前面的名詞如以母音結尾的話,則使用「-가」。

우산이 있어요. 有雨傘。

시계가 없어요. 沒有手錶。

(1) 아기가 울어요. 小孩在哭。

(2) 사과가 맛있어요.

(3) 가방이 비싸요.

(4) 기분이 좋아요.

(5) 시간 _____ 없어요.

(6) _____ 전화를 했어요.

> **新語彙**
>
> 아기 小孩
> 맛있다 好吃的
> 비싸다 貴的
> 기분이 좋다 心情好

2 –에 있다/없다

● 「-에 있다/없다」接在表示位置的單字之後,在陳述(或詢問)什麼東西或者什麼人在或不在什麼地方時使用。

사람들이 식당에 있어요. 人們在餐廳。

책이 책상 위에 있어요. 書在書桌上。

(1) 사전이 어디에 있어요? 字典在哪裡呢?

(2) 필통에 볼펜이 없어요.

(3) 건물 안에 공중전화가 없어요.

(4) 은행이 우체국하고 식당 사이에 있어요.

(5) 수미 씨가 린다 씨 _____ 있어요.

(6) 텔레비전이 _____ 있어요.

> **新語彙**
>
> 사람들 人們
> 사전 字典
> 필통 鉛筆盒
> 볼펜 原子筆
> 공중전화 公共電話

3 –(으)로 가다

● 「-(으)로」為助詞，接於表現移動方向的名詞之後。這表現出眾多可能性（上 / 下、右 / 左、前 / 後、這邊 / 那邊、這裡 / 那裡…等）中的其中一種，而且必須與表現移動的動詞，如：「가다、오다、올라가다、내려가다、들어가다、나가다」一起使用。問路的時候，可以使用「어디로/어느 쪽으로 가요?」。

앞으로 가세요. 請往前走。

위로 올라가세요. 請往上去。

어느 쪽으로 가요? 往哪個方向走呢？

● 「-(으)로」依照名詞的最後一字，使用上分為兩種形態。

　　a. 如果前面的名詞是以母音或者「ㄹ」結尾時，使用「-로」。
　　b. 如果前面的名詞是以「ㄹ」以外的子音結尾時，則使用「-으로」。

　　　(1) 이쪽으로 오세요. 請往這邊來。
　　　(2) 왼쪽으로 가세요.
　　　(3) 2층으로 올라가세요.
　　　(4) 안으로 들어오세요.
　　　(5) _____ 가세요.
　　　(6) _____ 내려가세요.

MEMO

제6과 음식
食物

目標
各位將學會說食物的名稱以及在餐廳點餐的方法。

主題	食物
功能	談論自己喜歡的食物、點餐、提議
活動	聽力：聆聽餐廳裡的對話
	口說：詢問別人在餐廳要點些什麼東西吃
	閱讀：讀懂菜單、閱讀某人陳述自己喜歡食物的文章
	寫作：書寫飲食習慣以及自己喜歡的食物
語彙	食物、味道
文法	−(으)ㄹ래요、−아 / 어 / 여요(提議的語尾)、−(으)러 가다
發音	wh-問句和yes-no問句的語調
文化	韓國的餐桌擺設

제6과 음식 食物

1. 여기는 어디입니까? 두 사람은 무엇을 하고 있어요?
   這裡是哪裡呢？這兩個人正在做什麼呢？

2. 두 사람은 무슨 말을 하고 있을까요?
   這兩個人正在說什麼話呢？

대화 & 이야기

1

兩個人正在餐廳裡說話。

수　미 : 린다 씨, 뭐 먹을래요?

린　다 : 된장찌개 먹을래요. 수미 씨는 뭐 먹을래요?

수　미 : 저는 비빔밥을 먹을래요.

린　다 : 여기요.

종업원 : 주문하시겠어요?

린　다 : 비빔밥 하나하고 된장찌개 하나 주세요.

新語彙

된장찌개	大醬湯（韓式味噌湯）
비빔밥	拌飯
여기요.	這裡。（叫服務生時）
주문하시겠어요?	
您要點餐嗎？	

2

수미 : 린다 씨, 뭐 먹을래요?

린다 : 음, 이건 뭐예요?

수미 : 불고기예요.

린다 : 매워요?

수미 : 아니요, 안 매워요. 맛있어요.

린다 : 그러면 우리 이거 먹어요.

語言提點

在餐廳或者咖啡廳裡，依照女服務生的年齡，可稱她為「아가씨」或者「아주머니」。萬一服務生是男性的話，則可稱呼 「아저씨」。但是一般常以「여기요」或者「저기요」來叫服務生，此時則無關乎年齡與性別。

3

나는 한국 음식을 아주 좋아해요. 특히 김치찌개를 좋아해요. 김치찌개는 조금 매워요. 그렇지만 아주 맛있어요. 오늘은 친구들하고 갈비를 먹으러 갔어요. 냉면도 아주 맛있었어요.

新語彙

이거	這個
불고기	烤肉
맵다	辣的
그러면	那樣的話
음식	食物、飲食
좋아하다	喜歡
조금	稍微、一點
그렇지만	但是、可是
아주	非常
특히	特別地
갈비	排骨
냉면	冷麵

1 〈보기〉와 같이 이야기해 보세요.

가 : 무슨 음식을 좋아해요?
喜歡什麼食物呢？

나 : 김치찌개를 좋아해요.
喜歡泡菜鍋。

語言提點

如果把「무슨」放在名詞前的話，有「什麼種類的～」的意思，例如「무슨 음식」。

❶  　**❷** 　**❸**

❹ 　**❺** 　**❻**

❼  　**❽** 　**❾**

음식　食物

비빔밥	拌飯
불고기	烤肉
갈비	排骨
냉면	冷麵
김치찌개	泡菜鍋
된장찌개	大醬湯（韓式味噌湯）
삼계탕	人蔘雞湯
갈비탕	排骨湯
김밥	海苔飯卷
칼국수	刀削麵

2 〈보기〉와 같이 이야기해 보세요.

가 : 뭐 먹을래요?
想吃什麼呢？

나 : 비빔밥을 먹을래요.
想吃拌飯。

❶ 　**❷** 　**❸**

❹ 　**❺** 　**❻**

3 〈보기〉와 같이 이야기해 보세요.

> 냉면
>
> 가 : 뭐 드실래요?
> 想吃什麼呢?
>
> 나 : 냉면 주세요.
> 請給我冷麵。

▪語言提點

「뭐 드실래요?」是比「뭐 먹을래요?」更禮貌的表現。一般是對不親近的同輩,或者親近的長輩使用。

❶ 김치찌개   ❷ 된장찌개   ❸ 갈비탕

❹ 칼국수   ❺ 커피   ❻ 콜라

4 〈보기〉와 같이 이야기해 보세요.

> 김치찌개를 먹다
>
> 가 : 우리 김치찌개를 먹을래요?
> 我們要不要吃泡菜鍋呢?
>
> 나 : 네, 좋아요. 김치찌개를 먹어요.
> 是,好啊!吃泡菜鍋吧!

❶ 내일 만나다   ❷ 영화를 보다

❸ 커피를 마시다   ❹ 여기에 앉다

❺ 텔레비전을 보다   ❻ 불고기를 만들다

5 〈보기〉와 같이 이야기해 보세요.

> 가 : 맛이 어때요? 味道如何呢?
>
> 나 : 싱거워요. 很淡。

▪맛 味道

맛 味道

맵다(매워요) 辣的

짜다 鹹的

싱겁다(싱거워요) 淡的

달다 甜的

시다 酸的

쓰다(써요) 苦的

❶   ❷   ❸

❹   ❺   ❻

삼계탕

가 : 뭐 먹을래요?
想吃什麼呢？

나 : 저는 삼계탕을 먹을래요. ○○씨는
뭐 먹을래요?
我想吃人蔘雞湯。○○想吃什麼呢？

가 : 삼계탕은 맛있어요?
人蔘雞湯好吃嗎？

나 : 맛있어요.
好吃。

가 : 그럼 저도 삼계탕을 먹을래요.
那麼我也想吃人蔘雞湯。

❶ 라면　　　　　　　❷ 된장찌개

❸ 김치찌개　　　　　❹ 냉면

❺ 불고기　　　　　　❻ 갈비탕

▪ 발음 發音

Wh-問句和yes-no問句的語調

뭐 먹을래요?
밥 먹을래요?

一般來說，提問的時候語調
都會上揚，但是wh-問句和
yes-no問句的語調還是有差
異的。

ⓐ 以wh-問句來說，語調的
下降與上揚都發生在最
後一個音節上。

ⓑ 以yes-no問句來說，從第
二個音節開始到最後的
音節前，語調會先下
降，然後在最後的音節
時語調又會上揚。

▶연습해 보세요.
(1) 가 : 맛있어요?
　　 나 : 네, 맛있어요.
(2) 가 : 맛이 어때요?
　　 나 : 조금 매워요.
(3) 가 : 불고기를 좋아해요?
　　 나 : 네, 좋아해요.
(4) 가 : 무슨 음식을 좋아해요?
　　 나 : 불고기를 좋아해요.

 〈보기〉와 같이 이야기해 보세요.

갈비탕을 먹다

가 : 갈비탕을 먹으러 갈래요?
想去吃排骨湯嗎？

나 : 네, 좋아요. 갈비탕을 먹으러 가요.
是，好啊！去吃排骨湯吧！

❶ 커피를 마시다　　　❷ 점심을 먹다

❸ 영화를 보다　　　　❹ 사진을 찍다

❺ 쇼핑하다　　　　　❻ 놀다

8 〈보기 1〉이나 〈보기 2〉와 같이 이야기해 보세요.

▶ 語言提點

보기1

불고기 2

가 : 뭐 드시겠어요?
請問要吃什麼呢?

나 : 불고기 2인분 주세요.
請給我兩人份的烤肉。

「뭐 드실래요?」、「뭐 드시겠어요?」、「주문하시겠어요?」是餐廳裡的服務生接受客人點餐時使用的話語。

▶ 語言提點

보기2

불고기 2,
냉면 1

가 : 뭐 드시겠어요?
請問要吃什麼呢?

나 : 불고기 2인분하고 냉면 하나 주세요.
請給我兩人份的烤肉和一個冷麵。

「2인분」是「兩人吃的份量」的意思。一般來說，在點「불고기」或者「갈비」時，都會用「2인분」。其他的食物則會用「食物名稱＋하나、둘、셋、넷」的表現方式來點餐。

❶ 갈비 3

❷ 삼계탕 2

❸ 된장찌개 1

❹ 비빔밥 2, 김치찌개 1

❺ 김밥 1, 라면 2

❻ 갈비 5, 불고기 3

9 〈보기〉와 같이 이야기해 보세요.

보기

가 : 뭐 드시겠어요?
請問要吃什麼呢?

나 : 잠깐만요. ○○ 씨, 뭐 먹을래요?
請等一下。○○，你想吃什麼呢?

다 : 삼계탕을 먹을래요.
想吃人蔘雞湯。

○○ 씨는 뭐 먹을래요?
○○想吃什麼呢?

삼계탕 / 냉면

나 : 저는 냉면을 먹을래요.
我想吃冷麵。

（對服務生説）

여기 삼계탕 하나하고 냉면 하나 주세요.
這裡請給我一個人蔘雞湯和一個冷麵。

❶ 김밥 / 라면

❷ 된장찌개 / 김치찌개

❸ 갈비 / 불고기

❹ 갈비탕 / 냉면

❺ 커피 / 콜라

❻ 우유 / 주스

🎧 聽力_듣기

1 다음 대화를 잘 듣고 무슨 음식을 시켰는지 주문표에 표시하세요.

請在仔細聽完以下的對話後，在點菜單上標示出點了什麼食物。

1)
桌號 _____

김치찌개	
된장찌개	
삼계탕	
불고기	

엄마식당 ☎ 752-7575

2)
桌號 _____

김밥	
라면	
비빔밥	
냉면	

엄마식당 ☎ 223-2233

3)
桌號 _____

커피	
우유	
주스	
콜라	

티타임 ☎ 313-3131

2 두 사람이 대화하고 있습니다. 잘 듣고 다음 내용이 맞으면 ○, 틀리면 ✕에 표시하세요.

這兩個人正在對話。請在仔細聽完後，如果以下的內容正確的話，請標示O。錯誤的話，請標示X。

1) 케빈 씨는 불고기를 먹어요.　　　　　○ ✕

2) 영진 씨는 김치찌개를 먹어요.　　　　○ ✕

3) 김치찌개가 매워요.　　　　　　　　○ ✕
　 그래서 케빈 씨는 김치찌개를 안 먹어요.

● 新語彙

| 그래서 因此 |

口說_말하기

1 3~4명이 한 조가 되어 한 명은 종업원, 다른 사람은 손님이 되어 주문해 보세요.
請以三到四人為一組，其中一名扮演服務生，其他人則扮演顧客來試著點餐看看。

● 다음은 식당과 커피숍의 메뉴판입니다. 무엇이 있는지, 얼마인지 보세요.
以下是餐廳和咖啡廳的菜單。請看看有什麼東西以及要多少錢。

★메뉴

김치찌개	4,000원
된장찌개	4,000원
비빔밥	4,000원
갈비탕	5,000원
냉면	5,000원
불고기	10,000원 (1인분)

♥메뉴

커피	3,000원
주스	4,000원
우유	3,000원
콜라	3,000원

● 메뉴판을 보고 같이 간 친구들과 무엇을 주문할지 이야기하고, 주문을 해 보세요.
請在看完菜單後，和一起去的朋友們討論要點些什麼，並且試著點菜看看。

閱讀_읽기

1 다음은 식당 메뉴판입니다. 어떤 내용이 있는지 잘 보세요.
以下是餐廳的菜單，請仔細看看有什麼內容。

▪新語彙
음료수 飲料
제일 最
팔다 賣

서울식당

비빔밥	··········	5,000원
김치찌개	·········	5,000원
삼계탕	··········	7,000원
갈비	··········	20,000원
		(1인분)
냉면	··········	4,000원
〈음료수〉		
콜라·사이다	···	2,000원

1) 다음 중 이 식당에서 파는 음식을 고르세요.
請在以下的選項中，選出這家餐廳所販賣的食物。

2) 다음 내용이 맞으면 ○, 틀리면 ×에 표시하세요.
以下的內容正確的話，請標示○。錯誤的話，請標示×。

(1) 이 식당에서 비빔밥이 제일 싸요.   ○ ✕

(2) 갈비는 1인분에 20,000원이에요.   ○ ✕

(3) 이 식당에서는 콜라도 팔아요.   ○ ✕

2 다음 글을 읽고 질문에 답하세요.
請在讀完以下文章後，回答問題。

저는 한국 음식을 좋아해요. 특히 김치찌개하고
비빔밥을 자주 먹어요. 그렇지만 아침에는 보통 빵과
우유를 먹어요. 점심하고 저녁은 한국 음식을
먹어요. 점심은 친구들하고 학생 식당에서 먹어요.
저녁은 학교 근처 식당에서 먹어요. 한국 음식은
조금 맵지만 아주 맛있어요.

▪語言提點
「맵지만」裡的「지만」為
連結語尾，表現「雖然」之
意。

1) 이 사람은 무슨 음식을 자주 먹어요?

這個人常吃什麼食物呢？

❶    **❷**

❸    **❹**

2) 위 글의 내용과 같은 것을 고르세요.

請選出與上文內容相符的選項。

❶ 이 사람은 시간이 없어요. 그래서 아침을 안 먹어요.

❷ 이 사람은 점심에 빵과 우유를 먹어요.

❸ 이 사람은 학생 식당에서 저녁을 먹어요.

❹ 이 사람은 저녁에 보통 한국 음식을 먹어요.

 **한국의 상차림** 韓國的餐桌擺設

● 다음은 한국인의 밥상에 올라가는 음식과 식사 도구입니다. 한국인들은 어떻게 상을 차릴까요? 적당한 위치에 놓고 상을 차려 보세요.

以下是韓國人擺在餐桌上的食物和餐具。韓國人是如何擺設餐桌的呢？請試著將它們擺放在適當的位置看看。

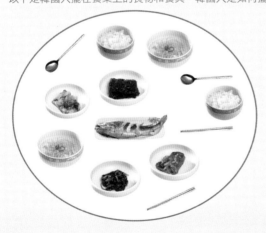 

 韓國人的一餐通常包含了白飯、湯和幾種菜餚，並且一次就把菜擺齊。韓國人吃白飯的時候，使用湯匙，而吃菜餚時則使用筷子。

● 여러분이 준비한 밥상의 모습을 다음 페이지의 그림과 비교해 보세요.

請將各位擺設的餐桌模樣和第115頁的圖片比較看看。

寫作_쓰기

1 여러분은 보통 어떤 식생활을 해요? 아침, 점심, 저녁에는 무엇을 먹고, 여러분이 좋아하는 음식에 대해 설명하는 글을 써 보세요.

各位有著什麼樣的飲食習慣呢？請試著寫一篇文章說明看看各位在早餐、午餐、晚餐時會吃些什麼？還有各位喜歡的食物又是什麼？

▶ 語言提點

名詞前加上「어느」的話，會表現出「哪一個」的意義，例如「어느 식당」。

● 다음에 대해 친구들과 이야기해 보세요.

　　請針對以下的問題，試著和朋友們說說看。

(1) 무슨 음식을 좋아해요? 한국 음식을 좋아해요?

(2) 아침에 보통 뭘 먹어요?

(3) 점심은 보통 어디에서 무엇을 먹어요?

(4) 저녁은 보통 어디에서 무엇을 먹어요?

(5) 어느 식당에 자주 가요? 왜 그 식당에 자주 가요?

▶ 語言提點

「그 식당」裡的「그」是「那個」的意思，用來表現某個名詞在前面已經被提及的事實。

● 친구들과 나눈 이야기를 바탕으로 여러분의 식생활에 대해 글을 써 보세요.

　　請以和朋友們分享的談話為基礎，試著寫一篇有關各位飲食習慣的文章。

자기 평가 ✏️
自我評價

● 무엇을 먹을지 묻고 대답할 수 있습니까?
各位會問別人，並且回答自己要吃什麼嗎?

非常棒 ●━━━●━━━●━━━●━━━● 待加強

● 메뉴를 보고 음식을 주문할 수 있습니까?
各位能看菜單點菜?

非常棒 ●━━━●━━━●━━━●━━━● 待加強

1 –(으)ㄹ래요

- 「-(으)ㄹ래요」加在動詞的語幹後，表現「意圖」或者「意志」的意思。使用這個語尾是為了表現出話者的意圖以及確認聽者的意圖。

  가 : 수미 씨, 뭐 마실래요? 秀美你想喝什麼呢？

  나 : 저는 커피를 마실래요. 我想喝咖啡。

- 依照語幹的最後一字，使用上分為兩種形態。

  a. 語幹以母音或者「ㄹ」結尾時，使用「-ㄹ래요」。

  b. 語幹以「ㄹ」以外的子音結尾時，則使用「-을래요」。

    (1) 가 : 뭐 마실래요? 想喝什麼呢？

        나 : 커피를 마실래요. 想喝咖啡。

    (2) 가 : 무슨 음식을 만들래요?

        나 : 김치찌개를 만들래요.

    (3) 가 : 빵을 먹을래요?

        나 : 네, 먹을래요.

    (4) 가 : 책을 읽을래요?

        나 : 네, 책을 읽을래요.

    (5) 가 : 내일 산에 _____?

        나 : 아니요, _____.

    (6) 가 : 음악을 _____?

        나 : 네, _____.

한국의 상차림

2 –아 / 어 / 여요

- 「-아 / 어 / 여요」接在動詞的語幹之後，具有「一起做…」的意思。

- 使用上分為三種形態。

  a. 語幹最後的母音為「ㅏ」或者「ㅗ」時，使用「-아요」。

  b. 語幹最後的母音為「ㅏ」或者「ㅗ」以外的母音時，使用「-어요」。

  c. 「하다」則會加上「-여요」來使用，但將兩者縮寫成「해요」的形態更常被使用。

(1) 같이 노래해요. 一起唱歌吧！

(2) 같이 책을 읽어요.

(3) 우리 같이 요리해요.

(4) 우리 산에 가요.

(5) 커피숍에서 ＿＿＿＿＿＿＿＿＿＿＿＿.

(6) 같이 ＿＿＿＿＿＿＿＿＿＿＿＿＿＿＿.

3 –(으)러 가다

● 「-(으)러 가다」接在動詞的語幹後，表現為了某事而去某地。「-(으)러」會和「가다、오다、다니다」之類的動詞，或者「나가다、내려오다」之類的複合動詞一起使用。

공부하러 도서관에 가요. 去圖書館學習。

공부하러 책을 샀어요.

(×)

● 依照語幹的最後一字，使用上分為兩種形態。

　a. 語幹以母音或者「ㄹ」結尾時，使用「-러 가다」。

　b. 語幹以「ㄹ」以外的子音結尾時，則使用「-으러 가다」。

　　(1) 가 : 어디 가요? 要去哪裡呢？

　　　　나 : 친구를 만나러 커피숍에 가요. 要去咖啡廳見朋友。

　　(2) 가 : 뭐 하러 가요?

　　　　나 : 밥을 먹으러 식당에 가요.

　　(3) 수미 씨는 친구 집에 놀러 갔어요.

　　(4) 린다 씨는 돈을 찾으러 은행에 갔어요.

　　(5) ＿＿＿＿＿＿＿＿＿＿ 극장에 갔어요.

　　(6) 오후에 친구를 만나러 ＿＿＿＿＿＿＿＿＿.

MEMO

제7과 약속
約定

目標
各位將能和朋友做約定。

主題	約定
功能	做約定、提議、說明計畫
活動	聽力：聆聽有關約定的對話
	口說：提議和做約定
	閱讀：閱讀有關約定提議的文章
	寫作：書寫為了約定的文章
語彙	星期幾、月、與約定相關的表現
文法	—(으)ㄹ 것이다、—(으)ㄹ까요、—고 싶다
發音	位在音節最後的 ㄹ
文化	「생각해 보겠습니다」的意義

제7과 약속 約定

1. 두 사람은 지금 무슨 말을 하고 있을까요?

   這兩個人現在正在說什麼呢？

2. 친구에게 만나자는 말을 하고 싶을 때 처음 뭐라고 말을 해요? 약속 시간이나 장소를 정
   하고 싶을 때 뭐라고 말해요?

   想約朋友見面時，一開始會說什麼呢？在決定約定時間和場所時，又會說什麼呢？

1

수미 : 린다 씨, 토요일에 시간 있어요?

린다 : 네, 있어요.

수미 : 그럼 나하고 영화 보러 갈래요?

린다 : 무슨 영화를 볼 거예요?

수미 : 〈여름 일기〉요.

린다 : 좋아요. 같이 보러 가요.

新語彙

토요일　星期六

시간이 있다　有時間

여름 일기　夏天日記 (電影名稱)

2

수미 : 토요일 몇 시에 만날까요?

린다 : 두 시쯤 만나요.

수미 : 어디에서 만날까요?

린다 : 서울 극장 앞이 어때요?

수미 : 그래요. 두 시에 서울 극장 앞에서 만나요.

린다 : 영화를 보고 저녁도 같이 먹어요.

수미 : 네, 좋아요.

新語彙

어때요?　如何？

그래요.　好。/ 是的。

저녁　晚上

3

秀美邀琳達三月五號一起去博物館，而琳達寫了以下的回信。

新語彙

박물관　博物館

그런데　然而、可是

약속　約定

그러니까　所以

안녕히 계세요.　再見。

> 안녕하세요, 수미 씨.
>
> 고마워요. 나도 박물관에 가고 싶었어요.
>
> 그런데 5일 오전에는 약속이 있어요.
>
> 그러니까 오후에 가요.
>
> 5일 오후 한 시에 박물관 앞에서 만나요.
>
> 그럼 토요일에 만나요.
>
> 안녕히 계세요.
>
> 　　　　　　　　　　　　린다

말하기 연습　口說練習

1 〈보기〉와 같이 이야기해 보세요.

> **보기**
>
> 친구를 만나다
>
> 가 : 내일 뭘 할 거예요?
> 明天要做什麼呢？
>
> 나 : 친구를 만날 거예요.
> 要見朋友。

❶ 영화를 보다　　❷ 책을 읽다　　❸ 운동을 하다

❹ 사진을 찍다　　❺ 케이크를 만들다　　❻ 음악을 듣다

2 〈보기〉와 같이 이야기해 보세요.

> **보기**
>
> 친구를 만나다 /
> 월요일
>
> 가 : 언제 친구를 만날 거예요?
> 什麼時候要見朋友呢？
>
> 나 : 월요일에 만날 거예요.
> 星期一要見面。

❶ 영화를 보다 / 수요일

❷ 사진을 찍다 / 화요일

❸ 박물관에 가다 / 일요일

❹ 수미 씨에게 전화를 걸다 / 토요일

❺ 이 옷을 입다 / 목요일

❻ 운동을 하다 / 금요일

3 〈보기〉와 같이 이야기해 보세요.

> **보기**
>
> 3월 5일
>
> 가 : 몇 월 며칠이에요?
> 是幾月幾號呢？
>
> 나 : 삼월 오일이에요.
> 是3月5日。

❶ 1월 8일　　　　　　　　❷ 2월 14일

❸ 6월 6일　　　　　　　　❹ 8월 17일

❺ 1987년 10월 10일　　　❻ 2005년 12월 31일

新語彙

케이크　蛋糕

요일　星期、禮拜

월요일　星期一

화요일　星期二

수요일　星期三

목요일　星期四

금요일　星期五

토요일　星期六

일요일　星期日

주말　週末

新語彙

전화를 걸다　打電話

입다　穿

월　月

일월　一月

이월　二月

삼월　三月

사월　四月

오월　五月

유월　六月

칠월　七月

팔월　八月

구월　九月

시월　十月

십일월　十一月

십이월　十二月

4 〈보기 1〉이나 〈보기 2〉와 같이 이야기해 보세요.

보기1

1월 1일 /
시간이 있다

가 : 일월 일일에 시간이 있어요?
1月1日有時間嗎？

나 : 네, 시간이 있어요.
是的，有時間。

보기2

1월 1일 /
시간이 없다

가 : 일월 일일에 시간이 있어요?
1月1日有時間嗎？

가 : 아니요, 시간이 없어요.
不，沒有時間。

❶ 2월 4일 / 시간이 있다   ❷ 3월 10일 / 시간이 없다

❸ 5월 21일 / 시간이 있다   ❹ 7월 28일 / 시간이 없다

❺ 10월 15일 / 시간이 있다   ❻ 11월 4일 / 시간이 없다

5 〈보기〉와 같이 이야기해 보세요.

보기

토요일 / 영화를 보다

가 : 토요일에 시간이 있어요?
星期六有時間嗎？

나 : 네, 있어요.
是的，有。

가 : 그럼 같이 영화를 보러 갈래요?
那麼想不想一起去看電影呢？

나 : 네, 좋아요.
是，好啊！

❶ 일요일 / 사진을 찍다   ❷ 화요일 / 태권도를 배우다

❸ 금요일 / 삼계탕을 먹다   ❹ 2월 7일 / 쇼핑하다

❺ 5월 9일 / 놀다   ❻ 8월 10일 / 수영하다

▶ 발음 發音

位於音節最後的 ㄹ

位於音節最後的「ㄹ」在發音時，舌尖會頂在上牙齦，下巴放低。那麼，口腔裡的空氣便可通過舌的兩側出來。

월   일

▶연습해 보세요.
(1) 주말, 수요일
(2) 3월 5일, 9월 10일
(3) 가 : 영화를 보러 갈래요?
　　나 : 네, 좋아요.
(4) 가 : 오늘 만날까요?
　　나 : 아니요, 내일 만나요.

▶ 新語彙

태권도 跆拳道

배우다 學、學習

수영하다 游泳

6 〈보기〉와 같이 이야기해 보세요.

가 : 이야기를 할까요?
談談好嗎？

나 : 네, 좋아요.
是，好啊！

1

2

3

4

5

6

◖ 약속 관련 표현
　與約定相關的表現

약속이 있다	有約
약속을 하다	做約定
시간이 있다	有時間
시간이 없다	沒時間
일이 있다	有事
바쁘다	忙碌的
피곤하다	疲累的

7 〈보기〉와 같이 이야기해 보세요.

보기

오후에 잠깐
만나다 /
좀 바쁘다

가 : 오후에 잠깐 만날까요?
下午暫時見個面好嗎？

나 : 미안해요. 좀 바빠요.
對不起。有點忙。

1 내일 만나다 / 약속이 있다

2 오후에 같이 공부하다 / 시간이 없다

3 일요일에 영화를 보다 / 일이 있다

4 저녁을 같이 먹다 / 수미 씨와 약속을 하다

5 산책을 하다 / 좀 피곤하다

6 토요일에 여행을 가다 / 돈이 없다

◖ 新語彙

잠깐	暫時
미안해요.	對不起。
산책하다	散步
여행을 가다	去旅行

8 〈보기 1〉과 〈보기 2〉와 같이 이야기해 보세요.

보기1

어디 /

서울 커피숍

가 : 어디에서 만날까요?
在哪裡見面好呢？

나 : 서울 커피숍에서 만나요.
在首爾咖啡廳見面吧！

보기2

어디 /

서울 커피숍

가 : 어디에서 만날까요?
在哪裡見面好呢？

나 : 서울 커피숍이 어때요?
首爾咖啡廳如何呢？

❶ 어디 / 도서관   ❷ 어디 / 극장 앞

❸ 어디 / 극장 앞   ❹ 언제 / 이번 토요일

❺ 언제 / 일요일 오후   ❻ 언제 / 수요일 저녁 6시

9 〈보기〉와 같이 묻고 대답해 보세요.

보기

내일 만나다 /

모레 만나다

가 : 내일 만날까요?
明天見面好嗎？

나 : 아니요, 모레 만나요.
不，後天見吧！

■新語彙

만들다 製作

나가서 먹다 出去吃

커피숍 咖啡廳

더 更

❶ 내일 오전에 만나다 / 오후에 만나다

❷ 음식을 만들다 / 나가서 먹다

❸ 커피숍에 가다 / 여기에서 마시다

❹ 책을 더 읽다 / 좀 쉬다

10 〈보기〉와 같이 이야기해 보세요.

보기

운동하다 / 쉬다

가 : 운동할까요?
要不要運動呢？

나 : 저는 쉬고 싶어요.
我想休息。

■新語彙

연극 話劇

산 山

바다 海

❶ 영화를 보다 / 연극을 보다 ❷ 쇼핑하다 / 집에서 쉬다

❸ 산에 가다 / 바다에 가다   ❹ 책을 읽다 / 이야기하다

❺ 김밥을 먹다 / 라면을 먹다 ❻ 커피를 마시다 / 주스를 마시다

11 〈보기〉와 같이 이야기해 보세요.

> **보기**
>
> 오후 2시 / 오후 4시 / 극장 앞
>
> 가 : 오후 두 시에 만날까요?
> 　　下午兩點見個面好嗎?
>
> 나 : 오후 두 시는 안 돼요.
> 　　下午兩點不行。
>
> 가 : 그럼 오후 네 시는 어때요?
> 　　那麼下午四點如何呢?
>
> 나 : 오후 네 시는 괜찮아요.
> 　　下午四點可以。
>
> 가 : 어디에서 만날까요?
> 　　在哪裡見面好呢?
>
> 나 : 극장 앞에서 만나요.
> 　　在電影院前見面吧!
>
> 가 : 네, 그럼 오후 네 시에 극장 앞에서 만나요.
> 　　好的,那麼下午四點在電影院前見。

●新語彙

안 돼요.	不行。
괜찮아요.	可以。/ 沒關係。

❶ 오늘 저녁 7시 / 내일 저녁 7시 / 이 커피숍

❷ 오전 10시 / 오후 1시 / 은행 앞

❸ 오후 5시 / 저녁 8시 / 여기

❹ 토요일 오전 / 토요일 오후 3시 / 학교 도서관

 **문화** '생각해 보겠습니다.' 「생각해 보겠습니다.」的意義

● 여러분의 나라에서는 다른 사람의 제안을 거절할 때 어떤 표현을 사용합니까?
　在各位的國家中,拒絕別人的提議時,會使用怎樣的表現呢?

依照國籍以及個性的不同,拒絕某人請求時的方式也不盡相同。雖然有些人可能會直接拒絕,但是也會有人覺得這樣很沒禮貌。因此那樣的人通常會用「我再想想看」的間接方式婉轉回答。在有些語言當中,「생각해 보겠습니다.」帶有拒絕的意思。但是,韓國人通常不會直接拒絕別人的請求。因此,當韓國人說「생각해 보겠습니다.」時,比起「直接地拒絕」,更具有「會再考慮看看」的意思。

● 친구의 제안을 듣고 상대방이 기분 나쁘지 않게 거절해 보세요.
　請在聽完朋友的提議後,婉轉地拒絕看看。

🎧 聽力_듣기

1 이 사람들은 언제 만날까요? 그리고 어디에서 만날까요?

這些人什麼時候要見面呢？還有他們要在哪裡見面呢？

1) ❶ 토요일　　　　　　　　❷ 일요일
2) ❶ 내일 오전　　　　　　　❷ 내일 오후
3) ❶ 서울 극장　　　　　　　❷ 서울 커피숍
4) ❶ 서울 은행　　　　　　　❷ 버스 정류장

2 이 사람들은 만날 거예요, 아니면 안 만날 거예요?

這些人要見面呢？還是不要見面呢？

1) ❶ 만날 거예요.　　　　　　❷ 안 만날 거예요.
2) ❶ 만날 거예요.　　　　　　❷ 안 만날 거예요.

3 다음 대화를 잘 듣고 질문에 답하세요.

請仔細聽完以下的對話後，回答問題。

1) 이 사람들은 언제 만날 거예요?

　　這些人什麼時候要見面呢？

　　❶ 오늘 오후 1시　　　　❷ 오늘 오후 2시
　　❸ 내일 오후 1시　　　　❹ 내일 오후 2시

2) 이 사람들은 뭘 할 거예요? 모두 고르세요.

　　這些人要做什麼呢？請全部選出來。

　　❶ 이야기를 할 거예요.　　❷ 영화를 볼 거예요.
　　❸ 밥을 먹을 거예요.　　　❹ 커피를 마실 거예요.

🎤 口說_말하기

1 수미 씨와 린다 씨는 이번 주에 만나고 싶어합니다.
여러분이 수미 씨와 린다 씨가 되어 약속을 해 보세요.

秀美和琳達想要在這個星期見面。請各位扮演秀美和琳達的角色，試著做約定看看。

- 지금은 3일 오전 열 시입니다. 한 사람은 수미, 다른 사람은 린다 씨가 되어 수첩에 적힌 일정을 보고, 친구와 언제 만나서 뭘 하는 것이 좋을지 생각해 보세요.

  現在是3日上午10點。請一個人扮演秀美，另一個人扮演琳達的角色，在看完寫在手冊上的日程後，想想看要在什麼時候跟朋友見面，以及要做什麼好。

■ 新語彙

수첩 手冊

수미의 수첩

월	화	수	목	금	토	일
3	4	5	6	7	8	9
		14:00~ 15:00 시험		14:00 서울 극장		

린다의 수첩

월	화	수	목	금	토	일
3	4	5	6	7	8	9
		14:00~ 15:00 시험		9:00~ 11:00 한국어 시험		17:00 교코, 서울 커피숍

- 친구와 언제 어디에서 만나서 뭘 할지를 약속하는 대화를 해보세요.

  要和朋友在何時何地見面，以及見面時要做什麼？請試著做約定看看。

2 반 친구와 약속하는 대화를 해 보세요.

請試著和班上同學做約定看看。

- 이번 주말까지의 여러분의 일정을 생각해 보세요.

  請想想看各位到這個週末前的行程。

- 누구에게 무슨 제안을 할지를 생각해 보세요.

  請想想看各位要對誰提出什麼樣的提議(日期、時間、場所、活動)。

- 친구에게 제안을 하고 약속을 해 보세요.

  請向朋友提出建議，並試著做約定看看。

📖 閱讀_읽기

1 다음은 교코가 린다에게 보낸 이메일입니다. 잘 읽고 다음의 질문에 답하세요.

下面是恭子寄給琳達的電子郵件。請在仔細閱讀後，回答以下的問題。

● 新語彙

음악회 音樂會
꼭 一定

메일 쓰기	○○○
받는 사람	린다
보낸 사람	교코
제목	

린다 씨, 안녕하세요.
토요일 오후에 시간이 있어요? 린다 씨하고 음악회에 같이 가고 싶어요.
음악회는 토요일 오후 세 시에 한국 극장에서 해요. 그러니까 토요일 오후 두 시 반에 극장 앞에서 만나요. 린다 씨, 꼭 같이 가요. 안녕히 계세요.

1) 교코는 린다에게 왜 이메일을 보냈어요?
   恭子為什麼寄電子郵件給琳達呢？

2) 교코는 언제, 어디에서 만나고 싶어해요?
   恭子想在何時何地見面呢？

✏️ 寫作_쓰기

1 여러분이 린다가 되어 위의 교코의 이메일에 대한 답장을 써 보세요.

請各位扮演琳達的角色，試著回信給恭子看看。

● 위의 편지에서 시작하고 끝낼 때 어떤 인사말을 썼는지 찾아보세요.

請找找看在以上的信中開頭和結束的問候語寫了什麼？

● 여러분은 좀 더 일찍 만나서 같이 점심을 먹고 음악회에 가고 싶습니다. 새로운 약속을 정하는 이메일을 써 보세요.

各位想要早點見面，一起吃完午飯後，再去音樂會。請試著寫一封電子郵件來做一個新的約定。

자기 평가 ✏️

自我評價

● 여러분의 미래 계획을 설명할 수 있습니까? 各位能說明未來的計畫嗎？	非常棒 ●━━●━━●━━●━━● 待加強	
● 다른 사람에게 제안을 하고 약속하는 대화를 할 수 있습니까? 各位能向別人提出建議，並且做約定嗎？	非常棒 ●━━●━━●━━●━━● 待加強	
● 약속을 정하는 편지를 읽고 쓸 수 있습니까? 各位能讀懂，並且寫出做約定的信嗎？	非常棒 ●━━●━━●━━●━━● 待加強	

1 -(으)ㄹ 것이다

- 「-(으)ㄹ 것이다」接在語幹後，表現未來的計劃或者行程。「-(으)ㄹ 것이에요」和「-(으)ㄹ 거예요」皆可用在陳述句和疑問句，但是在日常對話中，「-(으)ㄹ 것이에요」的縮約形「-(으)ㄹ 거예요」更常被使用。

- 這語尾依照語幹的最後一字，使用上可分為兩種形態。
  a. 語幹如果是以母音或者子音「ㄹ」結尾時，使用「-ㄹ 것이다」。
  b. 語幹如果是以「ㄹ」以外的子音結尾時，則使用「-을 것이다」。
    (1) 가 : 내일 뭐 할 거예요? 明天要做什麼呢？
        나 : 친구를 만날 거예요. 要見朋友。
    (2) 가 : 점심에 뭘 먹을 거예요?
        나 : 비빔밥을 먹을 거예요.
    (3) 어디에서 놀 거예요?
    (4) 토요일에 수미 씨하고 사진을 찍을 거예요.
    (5) 주말에 _____?
    (6) 내일 친구하고 _____.

2 -(으)ㄹ까요

- 「-(으)ㄹ까요」接在語幹後，以提議或詢問聽者意見的方式來取得對方的允諾。這是在非正式的場合詢問社會地位較高的熟識之人，或是平輩所使用的表現。

- 這語尾依照語幹的最後一字，使用上可分為兩種形態。
  a. 語幹如果是以母音或者子音「ㄹ」結尾時，使用「-ㄹ까요」。
  b. 語幹如果是以「ㄹ」以外的子音結尾時，則使用「-을까요」。

    (1) 가 : 우리 언제 만날까요? 我們什麼時候見面好呢？
        나 : 내일 만나요. 明天見面吧。
    (2) 가 : 제가 전화를 걸까요?
        나 : 네, 수미 씨가 전화를 하세요.
    (3) 뭐 먹을까요?
    (4) 음악을 들을까요?
    (5) 주말에 같이 _____?
    (6) 제가 책을 _____?

▶語言提點

「제가」是「我」的意思，表現出焦點集中在主語的部分。

3 −고 싶다

● 「-고 싶다」接在動詞的語幹後，表現出話者的希望、期待。因此，在陳述句中的主語不能是「他」、「她」或者「他們」，而必須是「我」或者「我們」。在疑問句中，為了詢問聽者的希望或者願望時，則可使用「-고 싶다」。

(1) 가 : 어디에 가고 싶어요? 想去哪裡呢？

　　나 : 제주도에 가고 싶어요. 想去濟州島。

(2) 가 : 저녁에 뭘 먹고 싶어요?

　　나 : 불고기를 먹고 싶어요.

(3) 친구를 만나고 싶어요.

(4) 무슨 음악을 듣고 싶어요?

(5) 주말에 _____?

(6) 친구하고 _____.

▶新語彙

제주도 *濟州島*

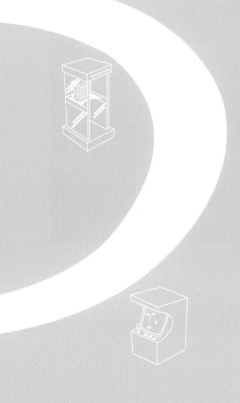

제8과 날씨
天氣

目標
各位將能談論季節和天氣

主題	天氣
功能	描述季節、描述天氣、說明理由
活動	聽力：聆聽有關天氣和自己喜歡季節的對話
	口說：述說自己喜歡的季節
	閱讀：閱讀一段介紹韓國季節的文章
	寫作：書寫有關自己國家季節的文章
語彙	季節、天氣、與天氣相關的表現
文法	−고、−아 / 어 / 여서(理由)、−지요、
	ㅂ불규칙 (ㅂ不規則變化)
發音	ㅎ的三種發音
文化	韓國的季節與天氣

제8과 날씨 天氣

1. 이 사진은 어느 계절입니까? 날씨가 어때요?
   這張照片是哪個季節呢？天氣如何呢？

2. 여러분은 어느 계절을 좋아합니까? 왜 그 계절을 좋아합니까?
   各位喜歡哪個季節呢？為什麼喜歡那個季節呢？

1

영진 : 수잔 씨는 어느 계절을 좋아해요?

수잔 : 저는 봄을 좋아해요.

영진 : 왜 봄을 좋아해요?

수잔 : 날씨가 따뜻해서 좋아해요.
　　　영진 씨는 어느 계절이 좋아요?

영진 : 저는 눈이 와서 겨울이 좋아요.

> **新語彙**
>
> 계절 季節
> 봄 春天
> 왜 為什麼
> 날씨 天氣
> 따뜻하다 溫暖的
> 눈 雪
> 겨울 冬天

2

마야 : 린다 씨, 눈이 와요. 정말 예뻐요.

린다 : 마야 씨는 눈을 처음 봤지요?

마야 : 네, 처음 봤어요.
　　　우리 나라는 눈이 안 와요.

린다 : 베트남은 날씨가 어때요?

마야 : 여름에는 아주 덥고 비가 안 와요.
　　　겨울에는 따뜻하고 비가 많이 와요.

> **新語彙**
>
> 정말 真的
> 예쁘다 漂亮的
> 처음 第一次
> 우리 나라 我們國家
> 베트남 越南
> 여름 夏天
> 비 雨

3

한국에는 봄, 여름, 가을, 겨울, 사계절이 있어요. 봄에는 날씨가 따뜻하고 바람이 많이 불어요. 여름에는 무척 덥고 비가 많이 와요. 가을에는 날씨가 시원해요. 그리고 하늘이 맑아요. 겨울에는 춥고 눈이 많이 와요.

> **新語彙**
>
> 가을 秋天
> 사계절 四季
> 바람이 불다 刮風
> 무척 非常
> 시원하다 涼快的、涼爽的
> 하늘 天空
> 맑다 晴朗的

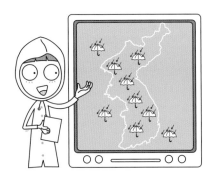

1 〈보기〉와 같이 이야기해 보세요.

> **보기**
>
> **좋아하다 / 봄**
>
> 가 : 어느 계절을 좋아해요?
> 喜歡哪個季節呢？
>
> 나 : 봄을 좋아해요.
> 喜歡春天。

● 계절 季節

봄 春天
여름 夏天
가을 秋天
겨울 冬天

❶ 좋아하다 / 여름　　　**❷** 좋아하다 / 가을

❸ 좋아하다 / 겨울　　　**❹** 싫어하다 / 봄

❺ 싫어하다 / 여름　　　**❻** 싫어하다 / 겨울

● 新語彙

싫어하다 討厭
싫다 討厭的

2 〈보기〉와 같이 이야기해 보세요.

> **보기**
>
> **좋다 / 봄**
>
> 가 : 어느 계절이 좋아요?
> 喜歡哪個季節呢？
>
> 나 : 저는 봄이 좋아요.
> 我喜歡春天。

❶ 좋다 / 여름　　　　　**❷** 좋다 / 겨울

❸ 좋다 / 봄하고 가을　　**❹** 싫다 / 여름

❺ 싫다 / 가을　　　　　**❻** 싫다 / 여름하고 겨울

3 다음 그림을 보고 〈보기〉와 같이 이야기해 보세요.

> **보기**
>
>
>
> 가 : 날씨가 어때요?
> 天氣如何呢？
>
> 나 : 맑아요.
> 很晴朗。

● 날씨 天氣

춥다(추워요) 冷的
덥다(더워요) 熱的
시원하다 涼快的、涼爽的
따뜻하다 溫暖的
날씨가 좋다 天氣好
날씨가 나쁘다(나빠요) 天氣壞
맑다 晴朗的
흐리다 陰沈的
비가 오다 下雨
눈이 오다 下雪
바람이 불다 刮風

❶ 　**❷** 　**❸**

❹ 　**❺** 　**❻**

4 〈보기 1〉과 〈보기 2〉와 같이 이야기해 보세요.

보기1

비가 오다,
바람이 불다

가 : 오늘 날씨가 어때요?
今天天氣如何呢？

나 : 비가 오고 바람이 불어요.
下雨，而且刮風。

보기2

비가 오다,
바람이 불다

가 : 어제 날씨가 어땠어요?
昨天的天氣如何呢？

나 : 비가 오고 바람이 불었어요.
下了雨，而且刮了風。

❶ 맑다, 따뜻하다   ❷ 눈이 오다, 춥다

❸ 덥다, 비가 오다   ❹ 바람이 불다, 흐리다

❺ 맑다, 시원하다   ❻ 흐리다, 춥다

5 〈보기〉와 같이 이야기해 보세요.

서울

도쿄

베이징

뉴욕

방콕

런던

모스크바

헬싱키

보기

서울,
모스크바

서울은 맑고, 모스크바는 눈이 와요.
首爾天氣晴朗，莫斯科在下雪。

❶ 도쿄, 베이징   ❷ 방콕, 런던

❸ 모스크바, 헬싱키   ❹ 런던, 서울

❺ 뉴욕, 방콕   ❻ 헬싱키, 뉴욕

6 〈보기 1〉과 〈보기 2〉와 같이 이야기해 보세요.

보기1

날씨가 좋다

가 : 오늘 정말 날씨가 좋지요?
今天天氣真的很好吧?

나 : 네, 정말 좋아요.
是的,真的很好。

보기2

날씨가 좋다

가 : 어제 정말 날씨가 좋았지요?
昨天天氣真的很好吧?

나 : 네, 정말 좋았어요.
是的,真的很好。

① 춥다　　　② 따뜻하다　　　③ 날씨가 맑다

④ 날씨가 흐리다　⑤ 비가 많이 오다　⑥ 바람이 많이 불다

7 〈보기〉와 같이 이야기해 보세요.

보기

봄을 좋아하다 /
날씨가 따뜻하다

가 : 왜 봄을 좋아해요?
為什麼喜歡春天呢?

나 : 날씨가 따뜻해서 봄을 좋아해요.
因為天氣溫暖,所以喜歡春天。

新語彙

너무 太

① 여름을 좋아하다 / 방학이 있다

② 가을을 좋아하다 / 날씨가 좋다

③ 겨울을 좋아하다 / 눈이 오다

④ 봄을 싫어하다 / 바람이 많이 불다

⑤ 여름을 싫어하다 / 너무 덥다

⑥ 겨울을 싫어하다 / 너무 춥다

8 〈보기〉와 같이 이야기해 보세요.

보기

비가 왔어요

가 : 어제 왜 산에 안 갔어요?
為什麼昨天沒去山上呢?

나 : 비가 와서 안 갔어요.
因為下雨,所以沒去。

① 날씨가 나빴어요　　　② 눈이 많이 왔어요

③ 바람이 많이 불었어요　　④ 너무 더웠어요

9 〈보기〉와 같이 이야기해 보세요.

> 보기
>
> 가 : 어느 계절을 좋아해요?
> 喜歡哪個季節呢?
>
> 좋아하다 / 봄 / 날씨가 따뜻하다
>
> 나 : 저는 봄이 좋아요.
> 我喜歡春天。
>
> 가 : 왜 봄을 좋아해요?
> 為什麼喜歡春天呢?
>
> 나 : 날씨가 따뜻해서 봄이 좋아요.
> 因為天氣溫暖,所以喜歡春天。

① 좋아하다 / 여름 / 바다에서 수영을 할 수 있다

② 좋아하다 / 가을 / 날씨가 좋고 시원하다

③ 좋아하다 / 겨울 / 스키를 탈 수 있다

④ 싫어하다 / 봄 / 바람이 많이 불다

⑤ 싫어하다 / 여름 / 너무 덥고 비가 많이 오다

⑥ 싫어하다 / 겨울 / 눈이 많이 오고 춥다

계절 관련 표현 與季節相關的表現
꽃이 피다 開花
소풍 가다 去郊遊
바닷가에 가다 去海邊
휴가 가다 去休假
땀이 나다 流汗
단풍이 들다 楓葉轉紅
산책하다 散步
나뭇잎이 떨어지다 樹葉落下
스키 타다 滑雪

10 다음 그림을 보고 어느 계절인지, 날씨가 어떤지, 사람들이 무엇을 하는지 이야기해 보세요.

請在看完以下的圖片後,說說看這是哪個季節?天氣如何?還有人們在做什麼?

▪ 語言提點

「-(으)ㄹ 수 있다」具有英文助動詞「can」的意思。

①

②

③

④

🎧 聽力_듣기

1 두 사람이 대화하고 있습니다. 잘 듣고 알맞은 것을 고르세요.
這兩個人正在對話。請在仔細聽完後，選出正確的答案。

1)_____　　2)_____　　3)_____　　4)_____

2 다음은 일기 예보입니다. 잘 듣고 맞는 그림을 고르세요.
以下是天氣預報。請在仔細聽完後，並選出正確的圖片。

1) 오늘의 날씨는 어떻습니까?
今天的天氣如何呢？

2) 내일의 날씨는 어떻습니까?
明天的天氣如何呢？

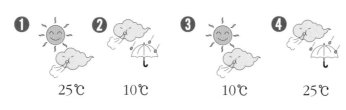

25℃　　　10℃　　　　10℃　　　25℃

3 다음 대화를 잘 듣고 맞으면 ○, 틀리면✕에 표시하세요.
請仔細聽以下的對話，如果正確的話，請標示○。錯誤的話，請標示✕。

1) 오늘은 날씨가 아주 추워요.　　　　　　　　| ○ | ✕ |

2) 두 사람은 겨울에 스키를 타러 갈 거예요.　　| ○ | ✕ |

3) 마이클은 여름하고 겨울을 싫어해요.　　　　| ○ | ✕ |

口說_말하기

1 **우리 반 친구들이 좋아하는 계절을 알아보세요.**
請瞭解看看班上同學們喜歡的季節。

- 우리 반 친구들은 어느 계절을 좋아할까요? 또 그 이유는
  무엇인지 친구들에게 물어 보세요.
  班上同學們喜歡哪個季節呢？請問問看理由是什麼。

이 름 名字	좋아하는 계절 喜歡的季節	이 유 理由
마이클	겨울	스키

- 우리 반 친구들이 가장 많이 좋아하는 계절은 무엇일까요?
  班上同學最喜歡的季節是什麼呢？

閱讀_읽기

1 **일기 예보를 읽어 보세요.**
請讀讀看天氣預報。

- 다음은 일기 예보에 사용되는 기호입니다. 어떤 날씨를
  나타낼까요?
  以下是天氣預報中使用的符號。它們代表什麼樣的天氣呢？

● 다음은 전국의 날씨를 나타낸 기상도입니다. 기상도에 대한 설명이 맞으면 ○, 틀리면 ×에 표시하세요.
以下是呈現全國天氣狀況的氣象圖。氣象圖的説明如果正確的話，請標示 ○。錯誤的話，請標示×。

(1) 서울은 날씨가 흐리고 바람이 불어요.	○	×
(2) 광주는 날씨가 안 좋아요.	○	×
(3) 부산에는 비가 많이 와요.	○	×
(4) 제주도는 날씨가 좋아요.	○	×

2 다음은 어느 인터넷 게시판에 올라온 글입니다. 잘 읽고 질문에 대답하세요.
以下是張貼在某個網路告示版上的文章。請在仔細閱讀後，回答問題。

번호	제 목	글쓴이
31	태국으로 여행을 가고 싶어요 언제가 좋아요?	김지연
32	↳ [Re] 4월에 가세요.	이영호
33	김치 박물관은 어디에 있어요?	이연경
34	↳ [Re] 코엑스에 있어요.	송미경
35	방콕의 현재 시간을 좀 알려 주세요.	김성은
36	············	······

번 호	제 목	글쓴이
32	[Re] 4월에 가세요.	이영호

태국은 11~2월이 건기, 6~10월이 우기예요.
그리고 3~5월은 아주 더워요.
그러니까 6~10월은 비가 와서 힘들고, 3~5월은 더워서 힘들어요.
11~2월은 비도 안 오고, 날씨도 시원해서 좋아요.
그렇지만 태국에 4월에 가세요. 4월에는 송끄란 축제가 있어요.
송끄란 축제는 정말 재미있어요.

1) 이영호 씨는 태국에 언제 가라고 했습니까? 그 이유는 무엇입니까?
   李榮浩建議什麼時候去泰國呢？理由是什麼呢？

2) 태국의 계절에 대한 설명으로 맞는 것을 고르세요.
   請選出有關泰國季節的正確説明。

   ❶ 태국은 사계절이 있어요.
   ❷ 태국에서는 6월에 비가 안 와요.
   ❸ 태국에서는 9월에 비가 많이 와요.
   ❹ 태국에서는 7월과 8월에 날씨가 제일 더워요.

■新語彙

태국 泰國
건기 乾季
우기 雨季
힘들다 吃力、費勁
송끄란 축제
潑水節 (Songkran Festival)
축제 慶典

寫作_쓰기

1 여러분 나라의 계절에 대해 소개하는 글을 써 보세요.
請試著寫一篇文章來介紹各位國家的季節。

● 글을 쓰기 전에 먼저 다음에 대해 생각해 보세요.
在寫文章之前，請先想想看以下的問題。

(1) 여러분의 나라, 혹은 여러분이 살고 있는 도시는
어떤 계절이 있습니까?
在各位的國家或各位所居住的城市中，有什麼樣的季節呢？

(2) 각 계절의 날씨는 어떻습니까?
各個季節的天氣如何呢？

(3) 각 계절에 사람들은 무엇을 합니까?
在各個季節裡，人們會做些什麼呢？

● 여러분 나라, 혹은 여러분이 살고 있는 도시의 날씨와
계절, 계절 활동을 설명하는 글을 써 보세요.
請試著寫一篇文章來說明各位國家或各位所居住的城市中，有什麼樣的天氣、季節以及季節活動。

● 친구들에게 여러분 고향의 계절과 날씨를 소개해
주세요.
請向朋友介紹各位故鄉的季節與天氣。

자기 평가 ✏
自我評價

● **날씨를 설명할 수 있습니까?**
各位能說明天氣狀況嗎？　　　　　　非常棒 ●━━●━━●━━●━━● 待加強

● **좋아하는 계절과 이유를 묻고 대답할 수 있습니까?**
各位能詢問別人喜歡的季節以及理由，並且回答嗎？　　　非常棒 ●━━●━━●━━●━━● 待加強

● **날씨를 설명하는 글을 읽고 쓸 수 있습니까?**
各位能讀懂，並且寫出說明天氣的文章嗎？　　非常棒 ●━━●━━●━━●━━● 待加強

문화 한국의 계절과 날씨 韓國的季節與天氣

● 다음 문제의 답을 찾아보세요.
請試著找出以下問題的答案。

1) 韓國的年均溫是幾度呢？
2) 韓國一年當中最高溫及最低溫分別是幾度呢？
3) 韓國在哪個季節最多雨呢？
4) 韓國的梅雨季是從何時到何時呢？
5) 韓國春天開最多的是什麼花呢？

韓國四季分明：春、夏、秋、冬

　　春天通常從三月開始，春天氣候溫暖，開始盛開各式各樣的花朵。有時，也會有意想不到的風和雨。此外，從中國吹來的黃沙也會讓空氣品質下降，但是到了四月，不論是哪裡都開著美麗的花朵，而且好天氣也會一直持續。

　　夏天從六月到八月，相當地潮濕炎熱。因為六到七月間會有梅雨，所以七月的濕度最高，氣溫有時也會到達三十度以上。

　　秋天因為天氣晴朗且常常刮風，所以非常涼爽宜人，但是比起其他季節，相對時間較短。同時，秋天也是收穫的季節。在秋天整個季節，各位可以欣賞到又高又晴朗的天空。而且，人們為了欣賞色彩斑斕的樹葉，特別喜歡在秋天登山。

　　冬天從十二月一直到三月。冬天的平均氣溫在零度以下，有時也會下探到零下十度以下。除了刮大風外，也經常下雪。

● 여러분 나라는 어떤 계절이 있습니까? 각 계절의 날씨는 어떻습니까?
各位的國家有什麼季節呢？各季節的天氣又是如何呢？

1 –고

- 「-고」有「而且、還有」的意思，用來連結兩個句子。
  비가 오고 바람이 불어요. 下雨，而且刮風。
  일요일에 청소하고 빨래를 했어요. 星期日打掃了，而且洗了衣服。

- 「-고」接在第一個句子的動詞語幹後，用來帶出第二個句子。當兩個過去時制的句子要連接時，則直接接在第一個句子的動詞語幹後。亦即，第一個句子的動詞不需要表現過去時制的語尾「-았 / 었 / 였-」。整個句子的時制由第二個句中的動詞來表現。

  > 지금 비가 와요. 그리고 바람이 불어요. 現在在下雨。而且刮風。
  > ➡ 지금 비가 오고 바람이 불어요. 現在在下雨，而且刮風。
  > 어제 비가 왔어요. 그리고 바람이 불었어요. 昨天下了雨。而且刮了風。
  > ➡ 어제 비가 오고 바람이 불었어요. 昨天下了雨，而且刮了風。

  (1) 여름에는 덥고 겨울에는 추워요. 夏天炎熱，而且冬天寒冷。
  (2) 서울은 날씨가 맑고 부산은 비가 와요.
  (3) 어제는 숙제를 하고 일찍 잤어요.
  (4) 나는 아침에 운동을 하고 신문을 봐요.
  (5) 수미와 나는 어제 ＿＿＿＿＿＿＿ 저녁을 먹었어요.
  (6) 오전에 ＿＿＿＿＿＿＿ 오후에 친구를 만났어요.

  > **新語彙**
  > 숙제 作業
  > 일찍 早、提早

2 –아 / 어 / 여서

- 「-아 / 어 / 여서」用來表現某種原因。
- 「-아 / 어 / 여서」接在動詞或者形容詞的語幹後，並且依照語幹最後的母音，使用上分成三種形態。
  a. 語幹以「ㅏ」或者「ㅗ」結尾時（「하다」除外），使用「-아서」。
  b. 語幹以「ㅏ」或者「ㅗ」以外的母音結尾時，使用「-어서」。
  c. 以「하다」來說，正確的形態為「하여서」，但是它縮寫後的「해서」則更常被使用。

d. 「名詞 + -이다」的正確形態為「名詞 + -이어서 / 여서」，但是在日常對話中更常使用「-이라서」。

비가 와서 안 가요. 因為下雨，所以不去。

시간이 없어서 친구를 안 만나요. 因為沒有時間，所以不見朋友。

날씨가 따뜻해서 봄을 좋아해요. 因為天氣溫暖，所以喜歡春天。

일요일이라서 학교에 안 가요. 因為是星期日，所以不去學校。

● 在連結兩個過去時制的句子時，「-아 / 어 / 여서」直接接前面句子的動詞語幹後。也就是說，第一句的動詞不需要表現過去時制的語尾「-았 / 었 / 였-」。整個句子的時制是由第二個句中的動詞來表現。

> 비가 많이 와요. 그래서 산에 안 가요. 雨下很大。所以不去山上。
> ➡ 비가 많이 와서 산에 안 가요. 因為雨下很大，所以不去山上。
> 비가 많이 왔어요. 그래서 산에 안 갔어요. 下了很多雨。所以沒去山上。
> ➡ 비가 많이 와서 산에 안 갔어요. 因為下了很多雨，所以沒去山上。

● 在有「-아 / 어 / 여서」的句子裡，第二句不得是命令句或者共動句。

시험이 있어서 열심히 공부했어요. （○）因為有考試，所以努力學習了。

시험이 있어서 열심히 공부했어요? （○）因為有考試，所以努力學習了嗎？

시험이 있어서 열심히 공부하세요. （×）

시험이 있어서 같이 열심히 공부해요. （×）

(1) 날씨가 좋아서 기분이 좋아요. 因為天氣好，所以心情好。

(2) 가방이 비싸서 안 샀어요.

(3) 약속이 있어서 종로에 가요.

(4) 많이 걸어서 다리가 아파요.

(5) _____ 울었어요.

(6) _____ 학교에 안 가요.

> ▪新語彙
>
> 열심히 努力地、用功地
>
> 종로 鍾路
>
> 걷다(걸어요) 走
>
> 다리 腳
>
> 아프다 疼痛

3 -지요

● 「-지요」接在動詞或形容詞的語幹後，用來和聽者確認話者已經知道的事情。

오늘 날씨가 덥지요? 今天天氣很熱吧？

불고기가 정말 맛있지요? 烤肉真的很好吃吧？

● 在確認現在的狀態或是條件時，使用「-지요?」；在確認過去的狀態或是條件時，則使用「-었지요?」。日常對話中常把「-지요」縮減成「-죠」。

한국어 공부가 재미있지요? 學習韓語有趣吧？

어제 산에 갔다 왔지요? 昨天去了一趟山上了吧？

● 「-지요」無法在回答問題時使用。在回答用「-지요」詢問的問句時，通常會使用「-아 / 어 / 여요」。

(1) 가 : 요즘 바쁘지요? 最近很忙吧？

　　나 : 네, 바빠요. 是的，很忙。

(2) 가 : 김치가 맵지요?

　　나 : 네, 매워요.

(3) 가 : 오늘 날씨가 좋지요?

　　나 : 네, 좋아요.

(4) 가 : 점심을 먹었지요?

　　나 : 아니요, 안 먹었어요.

(5) 가 : 지금 눈이 ＿＿＿＿＿＿＿＿＿?

　　나 : 네, ＿＿＿＿＿＿＿＿＿＿＿.

(6) 가 : 한국어 공부가 ＿＿＿＿＿＿＿?

　　나 : 네, ＿＿＿＿＿＿＿＿＿＿＿.

4 ㅂ불규칙 （ㅂ不規則變化）

● 當語幹以「ㅂ」結尾的動詞或形容詞後，緊接的是母音時，有時「ㅂ」會變成「우」，並且和「-어-」結合。這樣的動詞和形容詞稱為「ㅂ不規則動詞和形容詞」。

입다 ➡ 입어요, 입었어요, 입을 거예요 / 입고, 입지요? （規則變化）

덥다 ➡ 더워요, 더웠어요, 더울 거예요 / 덥고, 덥지요? （不規則變化）

● 以下是最常被使用的「ㅂ不規則動詞和形容詞」。大部分以「ㅂ」結尾的形容詞皆屬於此一範疇。

덥다　춥다　맵다　싱겁다　어렵다　쉽다　무겁다　가볍다
가깝다　고맙다　반갑다　아름답다　더럽다　곱다　돕다

● 但是，當「돕다」和「곱다」與「아」結合時，「ㅂ」會變成「오」。

> 돕다 ➡ 도와요, 도왔어요 / 도울 거예요
> 곱다 ➡ 고와요, 고왔어요 / 고울 거예요

(1) 가 : 날씨가 덥지요? 天氣很熱吧？
　　나 : 네, 아주 더워요. 是的，非常熱。
(2) 가 : 시험이 어려웠어요?
　　나 : 아니요, 쉬웠어요.
(3) 가 : 김치가 매워요?
　　나 : 네, 맵고 조금 짜요.
(4) 만나서 반가워요.
(5) 겨울에는 눈이 오고 _____.
(6) 가을에는 단풍이 들어서 산이 아주 _____.

> **新語彙**
>
> 어렵다 困難的
> 쉽다 簡單的
> 무겁다 重的
> 가볍다 輕的
> 가깝다 近的
> 고맙다 感謝的
> 반갑다 高興的
> 아름답다 美麗的
> 더럽다 骯髒的
> 곱다 漂亮的、善良的
> 돕다 幫忙

MEMO

제9과 주말 활동
週末活動

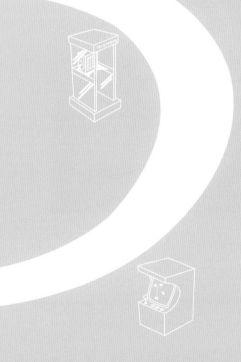

目標

各位將能談論週末的活動和計畫

主題	週末活動
功能	表達週末活動和計畫、提問並回答相關經驗、提議
活動	聽力：聆聽有關週末活動的相關對話
	口說：談論上週的活動、週末活動的提議
	閱讀：閱讀有關週末活動的文章
	寫作：書寫週末的活動與計畫
語彙	週末活動、時間、場所
文法	-에 가서、-(으)려고 하다、-아 / 어 / 여 보다
發音	複合母音ㅚ和ㅟ
文化	韓國人的週末活動

제9과 주말 활동 週末活動

도입

리듬

1. 무슨 요일일까요? 두 사람은 무엇을 하고 있어요?

   這一天是星期幾呢？這兩個人正在做什麼呢？

2. 여러분은 주말에 주로 무엇을 하면서 시간을 보냅니까?

   各位大部分會做什麼來度過週末呢？

1

수미 : 린다 씨, 주말에 뭐 했어요?

린다 : 빨래하고 청소를 했어요. 수미 씨는 뭐 했어요?

수미 : 대학로에 가서 연극을 봤어요.

린다 : 재미있었어요?

수미 : 네, 아주 재미있었어요. 린다 씨도 한번 가 보세요.

新語彙

주말 週末

대학로 大學路（街道名）

한번 一次

2

수미 : 린다 씨, 이번 주말에 뭐 할 거예요?

린다 : 그냥 집에서 쉬려고 해요. 그런데 왜요?

수미 : 인사동에 같이 갈래요?

린다 : 인사동에 가서 뭐 할 거예요?

수미 : 구경도 하고 차도 마셔요.

린다 : 좋아요. 같이 가요.

新語彙

그냥 只是、就那樣

쉬다 休息

그런데 但是、那…

인사동 仁寺洞（行政區）

구경하다 觀賞、逛

차 茶

3

저는 주말에 보통 집에서 쉬어요. 그렇지만 지난 주말에는
한국 친구하고 같이 민속촌에 갔어요. 민속촌에 가서 구경도
하고 한국 음식도 먹었어요. 아주 재미있었어요. 다음 주에는
박물관에 가려고 해요.

新語彙

지난 주말 上個週末

민속촌 民俗村

다음 주 下週

말하기 연습 口說練習

1 〈보기〉와 같이 이야기해 보세요.

보기

가 : 주말에 뭐 했어요?
週末做了什麼呢?

나 : 등산했어요.
去爬山了。

주말 활동 週末活動

빨래하다	洗衣服
청소하다	打掃
요리하다	料理、煮飯
쉬다	休息
쇼핑하다	買東西、購物
등산하다	登山、爬山
여행하다	旅行
구경하다	觀賞、逛
놀러 가다	去玩

 1 **2**  **3**

 4  **5** **6**

2 〈보기〉와 같이 이야기해 보세요.

보기

등산하다

가 : 주말에 뭐 할 거예요?
週末要做什麼呢?

나 : 등산할 거예요.
要去爬山。

1 청소하다　　**2** 시내를 구경하다　**3** 영화를 보다

4 음식을 만들다　**5** 집에서 쉬다　　　**6** 책을 읽다

3 〈보기 1〉이나 〈보기 2〉와 같이 이야기해 보세요.

보기1

지난주 토요일 /
등산하다

가 : 지난 주 토요일에 뭐 했어요?
上週六做了什麼呢?

나 : 등산했어요.
去爬山了。

보기2

다음 주 토요일 /
등산하다

가 : 다음 주 토요일에 뭐 할 거예요?
下週六要什麼呢?

나 : 등산할 거예요.
要去爬山。

시간 時間

지난주	上週
이번 주	這週
다음 주	下週
지난달	上個月
이번 달	這個月
다음 달	下個月
작년	去年
올해	今年
내년	明年

1 지난 주말 / 여행하다　**2** 이번 주 일요일 / 친구를 만나다

3 어제 오후 / 빨래하다　**4** 이번 주말 / 청소하다

新語彙

다니다	上 (學 / 班)、來來去去

4 〈보기〉와 같이 이야기해 보세요.

> 보기
>
> 바닷가,
> 수영을 하다
>
> 가 : 주말에 뭐 했어요?
> 週末做了什麼呢?
>
> 나 : 바닷가에 가서 수영을 했어요.
> 去海邊游泳了。

❶ 수영장, 수영을 하다 　　　❷ 운동장, 야구를 보다

❸ 시장, 과일을 사다 　　　❹ 박물관, 구경을 하다

❺ 대학로, 연극을 보다 　　　❻ 공원, 사진을 찍다

｜장소 場所｜

산 山

바닷가 海邊

수영장 游泳池

운동장 運動場

박물관 博物館

공원 公園

미술관 美術館

5 〈보기〉와 같이 이야기해 보세요.

> 보기
>
> 집에서 쉬다 /
> 도서관, 공부를
> 하다
>
> 가 : 주말에 뭐 했어요?
> 週末做了什麼呢?
>
> 나 : 집에서 쉬었어요. ○○ 씨는 주
> 말에 뭐 했어요?
> 在家休息了。○○週末做了什麼呢?
>
> 가 : 도서관에 가서 공부를 했어요.
> 去圖書館唸書了。

｜新語彙｜

과일 水果

명동 明洞 (行政區)

그림 圖畫

❶ 백화점에서 쇼핑하다 / 극장, 영화를 보다

❷ 명동에서 친구를 만나다 / 시장, 옷을 사다

❸ 집에서 공부하다 / 백화점, 쇼핑하다

❹ 인사동에 가다 / 미술관, 그림을 구경하다

｜발음 發音｜

複合母音ㅘ和ㅝ

> 박물관
> 공원

「ㅘ」和「ㅝ」是複合母音。
「ㅘ」的音是「오」和「아」
連續快速地發音所產生的,
而「ㅝ」則是「우」和「어」
連續快速地發音所產生的。

▶
와

▶
워

6 〈보기〉와 같이 이야기해 보세요.

> 보기
>
> 등산하다
>
> 가 : 주말에 뭐 할 거예요?
> 週末要做什麼呢?
>
> 나 : 등산하려고 해요.
> 打算去爬山。

▶연습해 보세요.

(1) 백화점, 도서관

(2) 회사원, 추워요

(3) 가 : 주말에 뭐 해요?

　나 : 영화를 봐요.

(4) 가 : 제주도에 가 봤어요?

　나 : 네, 가 봤어요. 아주
　　　아름다웠어요.

❶ 집에서 쉬다 　　　❷ 친구를 만나다

❸ 영화를 보다 　　　❹ 친구 집에 가서 놀다

❺ 집에서 책을 읽다 　　　❻ 공원에 가서 사진을 찍다

7 〈보기〉와 같이 이야기해 보세요.

보기

가 : 동대문시장에 가 봤어요?
去過東大門市場嗎?

나 : 네, 가 봤어요.
是的,去過。

동대문시장에 가다

①
스키를 타다

②
삼계탕을 먹다

③
인사동에 가다

④
한국 역사책을 읽다

⑤
아리랑 노래를 듣다

⑥
한국말로 전화하다

8 〈보기〉와 같이 이야기해 보세요.

보기

동대문시장에 가다/
물건이 싸다

가 : 동대문시장에 가 봤어요?
去過東大門市場嗎?

나 : 아니요, 못 가 봤어요.
不,沒有去過。

가 : 물건이 아주 싸요. 한번 가
보세요.
東西非常便宜。去一次看看吧！

① 불고기를 먹다 / 맛있다

② 북한산에 가다 / 산이 아름답다

③ 이 음악을 듣다 / 좋다

④ 스키를 타다 / 재미있다

⑤ 인사동에 가다 / 재미있다

⑥ 경주를 여행하다 / 아름답다

9 〈보기〉와 같이 이야기해 보세요.

> **보기**
>
> 가 : 토요일에 뭐 할 거예요?
> 星期六要做什麼呢？
>
> 나 : 인사동에 가려고 해요.
> ○○씨는 인사동에 가 봤어요?
> 打算去仁寺洞。
> ○○去過仁寺洞嗎？
>
> **인사동에 가다**
>
> 가 : 아니요, 못 가 봤어요.
> 不，沒有去過。
>
> 나 : 그럼 같이 갈래요?
> 那麼想一起去嗎？
>
> 가 : 네, 좋아요. 같이 가요.
> 是，好啊！一起去吧！

❶ 동대문시장에 가다 ❷ 공원에 가서 사진을 찍다

❸ 한국 음식을 만들다 ❹ 스키를 타다

문화 한국인의 주말 활동 韓國人的週末活動

● 한국 사람들은 보통 주말을 어떻게 보낼까요?
  韓國人通常如何度過他們的週末呢？

統計局最新的研究指出，大部分的韓國人最喜歡的活動是看電視，而睡覺和做家事則分別為第二和第三位。雖然大部分的調查對象回答說喜歡休閒活動，但是因為看電視是最簡單輕鬆的事情，所以最後還是都選擇了看電視。但是，從1990年代以後，和家人一起做的休閒活動以及戶外運動有逐漸增加的趨勢。還有，有結果顯示因為網路的普及，有更多的人週末是坐在電腦前使用網際網路。第四位受歡迎的週末活動則是和家人一起度過，緊接著的是位居第五位的上網。根據這個研究結果可發現一件有趣的事情，有更多的上班族因為周休二日的關係，為了自我成長而花時間在學習某種新事物上。

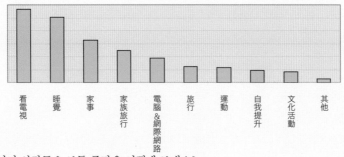

● 여러분 나라 사람들은 보통 주말을 어떻게 보내요?
  各位國家的人們一般是如何度過週末的呢？

聽力_듣기

1 다음 대화를 듣고 맞는 그림을 고르세요.
請在聽完以下的對話後，選出正確的圖案。

1)_____   2)_____   3)_____   4)_____

2 영진 씨와 린다 씨가 지난 주말 활동에 대해 이야기하고 있습니다. 대화를 잘 듣고 두 사람이 지난 주말에 무엇을 했는지 맞는 그림을 고르세요.
永振和琳達正聊著他們上個週末的活動。請在仔細聽完對話後，看這兩人上個週末做了些什麼，並選出正確的圖案。

3 두 사람의 대화를 듣고 질문에 답하세요.

請在聽完兩個人的對話後，回答問題。

1) 미영 씨는 주말에 무엇을 할 계획이었습니까?

美英計劃週末時要做什麼呢？

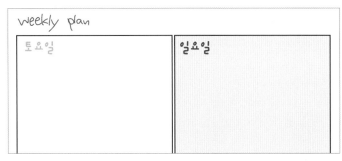

2) 잘 듣고 다음 내용이 맞으면 ○, 틀리면 ✕에 표시하세요.

請在仔細聽完後，如果以下的內容正確的話，請標示○。錯誤的話，請標示✕。

(1) 여자는 한강 공원에 가 봤어요.　　　　　○　✕

(2) 두 사람은 일요일에 만날 거예요.　　　　　○　✕

(3) 두 사람은 주말에 운동을 하려고 해요.　　　○　✕

 口說_말하기

1 친구들은 지난 주말을 어떻게 보냈을까요? 이야기해 보세요.

朋友們上個週末是如何度過的呢？請試著說說看。

● 여러분은 지난 주말에 어디에 갔어요? 거기에 가서 무엇을 했어요? 메모해 보세요.

各位上個週末去了哪裡呢？去那裡做了什麼呢？請簡單地記下來。

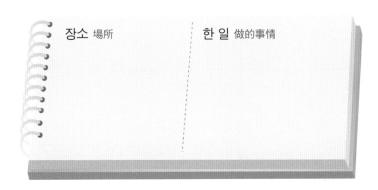

● 친구와 함께 지난 주말에 무엇을 했는지 이야기해 보세요.

請說說看上個週末和朋友做了什麼。

2 친구와 이번 주말 계획을 세워 보세요.

請試著和朋友一起訂定這個週末的計畫。

● 여러분은 이번 주말에 친구와 어디에 가서 무엇을 하고
싶어요? 생각해 보세요.

各位這個週末想和朋友去哪裡做什麼呢？請想想看。

● 친구에게 여러분이 하고 싶은 주말 활동을 함께 하자고
제안해 보세요.

請各位試著向朋友提議想要一起做的週末活動。

● 여러분의 주말 계획을 발표해 보세요.

請試著發表各位的週末計畫。

📖 Reading_읽기

1 다음은 마이클 씨의 주말 이야기입니다. 글을 읽고 질
문에 답하세요.

以下是描述麥可週末活動的文章。請在讀完文章後，回答問題。

● 여러분은 다음 장소를 알고 있습니까?

各位知道以下的場所嗎？

경복궁 · 남산 · 서울 타워

● 다음 글을 읽고 맞으면 ○, 틀리면 ×에 표시하세요.

請在讀以下的文章後，如果描述正確的話，請標示○。錯誤的話，請標示×。

> 저는 주말에 보통 서울 시내를 구경해요. 지난 주말에
> 는 친구하고 같이 경복궁에 갔어요. 경복궁을 구경하고
> 사진도 찍었어요. 좀 피곤했어요. 그렇지만 경복궁이
> 아주 아름다워서 기분이 좋았어요.
> 이번 주말에는 남산에 가려고 해요. 서울 타워에 가서
> 서울 시내를 구경할 거예요. 서울은 정말 크고 아름다
> 워요. 여러분도 주말에 서울을 구경해 보세요.

新語彙

시내 市區

경복궁 景福宮（宮殿）

남산 南山（山）

서울 타워 首爾塔

크다 大的

여러분 各位

(1) 마이클 씨는 보통 주말에 집에서 쉬어요.　○　×

(2) 마이클 씨는 지난 주말에 경복궁에 갔어요.　○　×

(3) 마이클 씨는 서울 구경을 많이 했어요.　○　×

(4) 마이클 씨는 남산에 가서 사진을 찍을 거예요.　○　×

寫作_쓰기

1 여러분은 보통 주말을 어떻게 보내요? 여러분의 주말 이야기를 써 보세요.

各位一般是如何度過週末的呢？請寫一段文章說說各位的週末。

● 여러분은 주말을 어떻게 보내요/보냈어요? 메모해 보세요.

各位通常是如何度過週末的呢？之前的週末是如何度過的呢？請簡單地記下來。

> 보통 주말을 어떻게 보내요?
> ---
>
>

> 지난 주말에 어디에 가서 무엇을 했어요? 어땠어요?
> ---
>
>

> 이번 주말에는 어디에 가서 무엇을 할 거예요?
> ---
>
>

● 위의 메모를 보고 여러분의 주말 이야기를 써 보세요.

請依照以上的內容，試著寫段文章說說各位的週末活動。

자기 평가 自我評價

● 경험을 이야기할 수 있습니까? 各位能說自己的經驗嗎？	非常棒 ●━━●━━●━━● 待加強	
● 주말 활동에 대해 이야기할 수 있습니까? 各位能說自己的週末活動嗎？	非常棒 ●━━●━━●━━● 待加強	
● 주말 활동을 설명하는 글을 읽고 쓸 수 있습니까? 各位能讀懂，並且寫出說明週末活動的文章嗎？	非常棒 ●━━●━━●━━● 待加強	

1 –(으)려고 하다

● 「-(으)려고 하다」接在動詞的語幹後，表現話者的意圖。

● 依照動詞語幹的最後一個字，使用上分為兩種形態。

　a. 動詞的語幹如果是以母音或者子音「ㄹ」結尾時，使用「-려고」。

　b. 動詞的語幹如果是以「ㄹ」以外的子音結尾時，則使用「-으려고」。

　　(1) 이번 주말에 여행을 가려고 해요. 　這個週末打算去旅行。

　　(2) 휴가 동안 집에서 책을 읽으려고 해요.

　　(3) 린다 씨한테 전화를 걸려고 해요.

　　　　그런데 동전이 없어요.

　　(4) 어제 오후에 영화를 보려고 했어요.

　　　　그런데 시간이 없어서 못 봤어요.

　　(5) 이번 일요일에 _____.

　　(6) 며칠 전에 _____. 그런데 _____.

> ■ 新語彙
>
> | 휴가 | 休假 |
> | 동안 | 期間 |
> | 동전 | 銅板 |
> | 며칠 | 幾天、幾號 |
> | 전 | 前 |

2 –에 가서

● 「-에 가서」加在表示場所的名詞後，表現到達某地後要做或者做了什麼事。

● 第一個句子的主語須與第二個句子的主語一致。

> 시장에 갔어요. 그리고 거기에서 옷을 샀어요. 去了市場。然後在那裡買了衣服。
>
> ➡ 시장에 가서 옷을 샀어요. 去市場買了衣服。

　(1) 대학로에 가서 연극을 봤어요. 　去大學路看了話劇。

　(2) 학교에 가서 친구를 만나요.

　(3) 시장에 가서 과일을 살 거예요.

　(4) 극장에 가서 영화를 봤어요.

　(5) 식당 _____.

　(6) _____ 커피를 마셨어요.

3 –아 / 어 / 여 보다

- 「-아 / 어 / 여 보다」接在動詞的語幹後，表現試圖做某件事。「-어 보세요」是為了提議，但相對地「-어 보았어요」則是為了表現單純的經驗。

한국에 가 봤어요. 去過韓國。

한국에 가 보세요. 請去韓國看看。

- 這可分為三種不同的形態。
  a. 動詞語幹的最後母音是「ㅏ」或者「ㅗ」時，使用「-아 보다」。
  b. 動詞語幹的最後母音是「ㅏ」或者「ㅗ」以外的母音時，使用「-어 보다」。
  c. 以「하다」來説，後接「-여 보다」才是正確的形態。但是一般都會用「해 보다」來代替「하여 보다」。

(1) 가 : 민속촌에 가 봤어요? 去過民俗村嗎？

　　나 : 네, 가 봤어요. 是的，去過。

(2) 가 : 이 노래를 들어 봤어요?

　　나 : 아니요, 못 들어 봤어요.

(3) 가 : 이 옷이 마음에 들어요.

　　나 : 그러면 한번 입어 보세요.

(4) 가 : 옷을 사러 갈 거예요.

　　나 : 그럼 남대문시장에 가 보세요. 물건이 아주 싸고 좋아요.

(5) 가 : 이 책을 ＿＿＿＿＿＿＿＿＿＿＿＿＿＿＿＿？

　　나 : 네, ＿＿＿＿＿＿＿＿＿＿. 아주 재미있어요.

(6) 가 : 맛있는 음식을 먹고 싶어요.

　　나 : 그러면 ＿＿＿＿＿＿＿＿＿＿＿＿＿＿.

> **新語彙**
>
> 노래 歌、歌曲
> 마음에 들다 喜歡、中意
> 남대문시장 南大門市場

제10과 교통
交通

目標

各位將能談論交通

主題	交通
功能	理解交通、談論交通
活動	聽力：聆聽一段說明交通的談話
	口說：談論從學校到家裡的交通方式、談論附近有名的
	場所以及說明如何去
	閱讀：閱讀一段說明交通的文章
	寫作：書寫一段說明交通的文章
語彙	交通工具
文法	-아 / 어 / 여야 되다 / 하다、-에서、-까지
發音	ㄹ的鼻音化
文化	首爾的大眾交通

제10과 교통 交通

1. 여기는 어디입니까? 두 사람은 무슨 이야기를 할까요?
   這裡是哪裡呢？這兩個人在說什麼呢？

2. 여러분은 집에서 학교까지 어떻게 옵니까?
   各位是如何從家裡來學校的呢？

대화 & 이야기

對話 & 敘述

1

린다 : 수미 씨는 학교에 뭘 타고 와요?

수미 : 버스를 타고 와요.

린다 : 집에서 학교까지 얼마나 걸려요?

수미 : 30분 정도 걸려요.

　　　린다 씨는 학교에 어떻게 와요?

린다 : 전 기숙사에 살아요. 그래서 걸어와요.

新語彙

타다	搭乘、騎
버스	巴士、公車
얼마나	多少
걸리다	花費（時間）
(30분) 정도	（30分鐘）左右
기숙사	宿舍
걸어오다	走來

2

마이클 : 수미 씨, 시청에 어떻게 가야 돼요?

수　미 : 지하철을 타고 가세요.

마이클 : 지하철 몇 호선을 타야 돼요?

수　미 : 1호선을 타고 가세요.

마이클 : 시간이 얼마나 걸려요?

수　미 : 40분쯤 걸려요.

新語彙

시청	市政府
지하철	地下鐵
(1)호선	(1)號線

3

일요일에 중국에서 친구가 와서 공항에 갔어요.
집에서 시청까지 지하철을 타고 갔어요. 거기에서
공항까지 공항 버스로 갈아타고 갔어요. 한 시간 반쯤
걸렸어요.

新語彙

공항	機場
공항 버스	機場巴士
갈아타다	轉乘

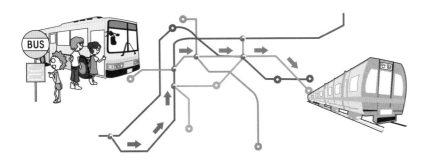

交通 **167**

1 〈보기〉와 같이 이야기해 보세요.

보기

학교 /

가 : 학교에 뭐 타고 가요?
搭什麼去學校呢？

나 : 지하철을 타고 가요.
搭地下鐵去。

■교통 수단　交通工具

차　車

버스　巴士、公車

지하철　地下鐵

택시　計程車

자전거　腳踏車

오토바이　摩托車

기차　火車

고속 버스　高速巴士

비행기　飛機

배　船

❶ 집 /

❷ 회사 /

❸ 시장 /

❹ 병원 /

❺ 경주 /

❻ 부산 /

■新語彙

부산　釜山（城市）

2 〈보기〉와 같이 이야기해 보세요.

보기

집이 학교
근처에 있다,
걸어오다

가 : 학교에 어떻게 와요?
怎麼來學校的呢？

나 : 집이 학교 근처에 있어요. 그래서
걸어와요.
家在學校附近，所以走路過來。

■新語彙

걸어오다　走來

걸어다니다　步行往返

버스 정류장　公車站

지하철역　地下鐵站

근처　附近

가깝다　近的

멀다　遠的

❶ 집이 가깝다, 자전거를 타고 오다

❷ 우리 집은 인천이다, 지하철을 타고 오다

❸ 지하철역이 멀다, 버스를 타고 오다

❹ 기숙사에 살다, 걸어 다니다

❺ 차가 있다, 제 차를 타고 오다

❻ 버스 정류장이 집에서 멀다, 지하철을 타고 오다

3 〈보기〉와 같이 이야기해 보세요.

> 보기
>
> 집 ➡ 학교
> 　　10분
>
> 가 : 집에서 학교까지 얼마나 걸려요?
> 　　從家裡到學校要花多少時間呢？
>
> 나 : 십 분 걸려요.
> 　　要花10分鐘。

❶ 집 ➡ 회사
　　　　10분

❷ 집 ➡ 학교
　　　　1시간

❸ 기숙사 ➡ 학교
　　　　　10분

❹ 서울 ➡ 제주도
　　　　　1시간

❺ 서울 ➡ 부산
　　　　3시간 반

❻ 학교 ➡ 시청
　　　　　15분

4 〈보기〉와 같이 이야기해 보세요.

> 보기
>
> ➡ 대전
> 2시간 10분
>
> 가 : 대전에 어떻게 가요?
> 　　要怎麼去大田呢？
>
> 나 : 버스를 타고 가요.
> 　　搭巴士去。
>
> 가 : 시간이 얼마나 걸려요?
> 　　要花多少時間呢？
>
> 나 : 두 시간 십 분 걸려요.
> 　　要花2個小時10分鐘。

▪ 新語彙

대전 *大田*（城市）

설악산 *雪嶽山*（山）

❶  회사
　　40분

❷  부산
　　3시간

❸  설악산
　　2시간 30분

❹  제주도
　　1시간

❺ 지하철역
　　10분

❻  시청
　　50분

〈보기 1〉과 〈보기 2〉와 같이 이야기해 보세요.

보기1

시청 / 버스

가 : 시청에 어떻게 가야 돼요?
必須要怎麼去市政府才行呢？

나 : 버스를 타고 가세요.
請搭巴士去。

◦新語彙

고속 버스 터미널
高速巴士轉運站

보기2

시청 / 버스

가 : 시청에 어떻게 가야 돼요?
必須要怎麼去市政府才行呢？

나 : 버스를 타고 가야 돼요.
必須要搭巴士去才行。

❶ 제주도 / 비행기 ❷ 종로 / 버스

❸ 부산 / 기차 ❹ 고속 버스 터미널 / 360번 버스

❺ 시청 / 지하철 2호선 ❻ 박물관 / 지하철 6호선

6 〈보기〉와 같이 이야기해 보세요.

보기

➡ 시청 ➡ 서울역
600번 버스 150번 버스

가 : 서울역에 어떻게 가야 돼요?
必須要怎麼去首爾車站才行呢？

나 : 먼저 600번 버스를 타세요.
그리고 시청에서 150번 버스로 갈아타세요.
請先搭乘600號公車。
然後請在市政府轉乘150號公車。

◦발음 發音

ㄹ的鼻音化

종로 [종노]
버스 정류장 [버스 정뉴장]

「ㄹ」如果接在「ㄴ」或
「ㄹ」以外的子音後，則
「ㄹ」會發成「ㄴ」的音。

▶연습해 보세요.
(1) 장래, 심리학
(2) 짬뽕 라면, 비빔 라면
(3) 가 : 홍릉에 어떻게 가요?
　　나 : 안암로에서 버스를 타
　　　　세요.

❶ ➡ 시청 ➡ 한국 백화점
지하철 1호선 지하철 2호선

❷ ➡ 시청 ➡ 한국 백화점
100번 버스 301번 버스

❸ ➡ 터미널 ➡ 동대문시장
2000번 버스 720번 버스

❹ ➡ 터미널 ➡ 동대문시장
지하철 3호선 지하철 4호선

❺ ➡ 터미널 ➡ 동대문시장
200번 버스 지하철 5호선

7 다음은 서울의 지하철 노선도입니다. 〈보기〉와 같이 목
적지에 가는 방법을 물어 보세요.

以下是首爾的地下鐵路線圖。請照著〈範例〉，試著問問看去
目的地的方法。

● 新語彙

고려대 *高麗大學*

> **보기**
>
> **경복궁**
> ↓
> **고 려대**
>
> 가 : 고려대에 어떻게 가요?
>
> 　　要怎麼去高麗大學呢？
>
> 나 : 여기에서 3호선을 타고 약수까지 가세요.
> 　　약수에서 6호선으로 갈아타세요.
>
> 　　請在這裡搭乘3號線到藥水。然後請在藥水轉乘6號線。

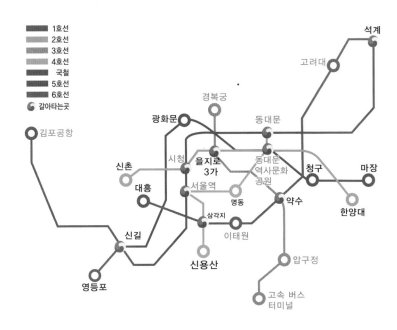

❶ 동대문 ➡ 김포공항　　❷ 신촌 ➡ 고속 버스 터미널

❸ 시청 ➡ 경복궁　　❹ 경복궁 ➡ 동대문역사문화공원

❺ 고려대 ➡ 압구정　　❻ 이태원 ➡ 서울역

8 〈보기 1〉이나 〈보기 2〉와 같이 이야기해 보세요.

보기1

 → 서울역

30분

가 : 서울역에 어떻게 가야 돼요?
必須要怎麼去首爾車站才行呢？

나 : 버스를 타고 가세요.
請搭公車去。

가 : 여기에서 서울역까지 시간이 얼마나 걸려요?
從這裡到首爾車站要花多少時間呢？

나 : 30분 걸려요.
要花30分鐘。

보기2

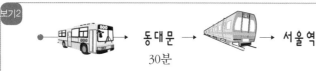 → 동대문 → → 서울역

30분

가 : 서울역에 어떻게 가야 돼요?
必須要怎麼去首爾車站才行呢？

나 : 먼저 버스를 타고 동대문까지 가세요.
請先搭公車到東大門。

　거기에서 지하철로 갈아타세요.
請在那裡轉乘地下鐵。

가 : 여기에서 서울역까지 시간이 얼마나 걸려요?
從這裡到首爾車站要花多少時間呢？

나 : 30분 걸려요.
要花30分鐘。

◦新語彙

중앙 시장 中央市場

수원 *水原*（城市）

❶ 　　→ 시청

20분

❷ 　　→ 중앙 시장

1시간

❸ 　　→ 수원　　→ 민속촌

1시간 30분

❹ 　　→ 동대문　　→ 공항

1시간 40분

🎧 聽力_듣기

1 다음 대화를 잘 듣고 맞는 그림을 고르세요.

請在仔細聽完以下的對話後，選出正確的圖案。

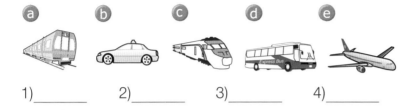

1)_____   2)_____   3)_____   4)_____

2 다음 대화를 잘 듣고 관계 있는 것끼리 연결하세요.

請在仔細聽完以下的對話後，將有關聯的選項連接起來。

3 다음 대화를 듣고 남대문시장에 가는 방법으로 맞는 것을 모두 고르세요.

請在聽完以下的對話後，選出所有可以到達南大門市場的正確選項。

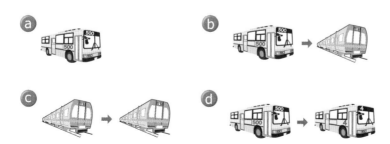

口說_말하기

1 친구들이 학교에 오는 방법, 걸리는 시간에 대해 이야기
해 보세요.
請問問看朋友們來學校的方法以及花費的時間。

● 학교에 오는 방법과 걸리는 시간을 물어 볼 때 어떻게
말해요?
當要問對方來學校的方法和所需的時間時，該怎麼說呢？

● 친구들과 학교에 오는 방법과 걸리는 시간에 대해 묻고
대답해 보세요.
請問問看朋友們來學校的方法以及要花費的時間，並且回答朋友的問題。

이름 姓名	교통 수단 交通工具	시간 時間
김수미	집 → 동대문 → 학교 버스　　지하철	45분

● 조사한 내용을 발표해 보세요.
請試著發表調查的內容。

2 여러분이 가 본 장소 중 좋은 곳을 친구들에게 소개해
주세요.
請向朋友們介紹各位去過的場所中最好的地方。

● 여러분이 살고 있는 곳에서 갈 만한 곳이 있습니까?
거기에 어떻게 갑니까? 시간이 얼마나 걸립니까?
메모해 보세요.
在各位居住的地區，有沒有值得去的地方呢？那裡要怎麼去呢？要花多少
時間呢？請簡單地記下來。

장소 場所	교통 수단 交通工具	시간 時間

● 위의 메모를 보고 친구들에게 좋은 장소를 소개하고,
가는 방법을 알려 주세요.
請依照以上的內容，向朋友們介紹好的去處，並且告訴他們去的方法。

📖 閱讀_읽기

1 다음 이메일을 읽고 질문에 답하세요.
請在讀完以下的電子郵件後，回答問題。

▪新語彙

생일　生日

생일 파티　生日派對

메일 쓰기　○○○

받는 사람	요코〈Yoko@hanmail.net〉
보낸 사람	영진
제목	생일 파티에 오세요.

요코 씨, 토요일에 시간 있어요? 토요일은 내 생일이에요. 그래서 우리 집에서 생일 파티를 할 거예요. 파티는 저녁 6시에 있어요. 요코 씨, 꼭 와야 돼요. 우리 집은 시청 근처에 있어요. 학교에서 지하철 6호선을 타세요. 그리고 신당에서 2호선으로 갈아타고 오세요. 시청역 앞에 한국 아파트가 있어요. 우리 집은 한국 아파트 2동 510호예요. 학교에서 우리 집까지 30분쯤 걸릴 거예요. 그럼, 토요일에 만나요.

1) 학교에서 영진 씨 집까지 어떻게 가요?
要如何從學校到永鎮家呢？

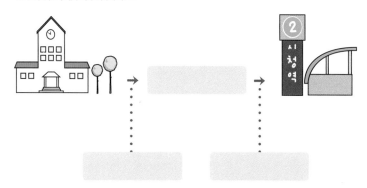

2) 다음 내용이 맞으면 ○, 틀리면 ✕에 표시하세요.
以下的內容正確的話，請標示○。錯誤的話，請標示✕。

(1) 영진 씨의 집은 학교 근처에 있어요.　　○　✕
(2) 영진 씨의 집까지 한 시간쯤 걸려요.　　○　✕

寫作_쓰기

1 여러분의 친구가 서울에 옵니다. 공항에서 여러분의 집
까지 어떻게 오는지 설명하는 글을 써 보세요.

各位的朋友要來首爾。請試著寫一篇文章說明要如何從機場到
各位的家。

● 다음은 공항에서 여러분의 집까지 오는 방법입니다.
어떻게 오는지 알아봅시다.

以下是從機場到各位家裡的方法。請試著瞭解一下交通方式。

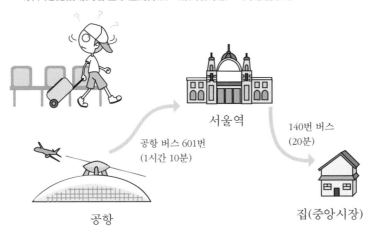

서울역

140번 버스
(20분)

공항 버스 601번
(1시간 10분)

공항

집(중앙시장)

● 다음은 여러분의 친구 마이클 씨에게 공항에서
여러분의 집까지 어떻게 오는지 설명하는 편지입니다.
위의 그림을 보고 편지를 완성해 보세요.

以下是向各位的朋友麥可說明如何從機場到各位家的信。請在看完以上的
圖片後，完成這封信。

> 마이클 씨
>
> 금요일에 마이클 씨를 만나러 공항에 가려고 했어요.
>
> 그런데, 그날 시험이 있어서 안 돼요. 미안하지만,
>
> 마이클 씨가 우리 집 근처까지 오세요.
>
> 내가 버스 정류장에서 기다릴게요.
>
> 우리 집은 중앙 시장 근처에 있어요.
>
> 공항에서 우리 집까지 이렇게 오세요.

 **문화** 서울의 대중 교통 首爾的大眾交通

● 서울에는 대중 교통 수단이 편리하게 잘 되어 있을까요? 서울 사람들은 교통 수단을 많이 이용할까요?
　　首爾的大眾交通工具是否便利完善呢？首爾的人們經常使用大眾交通工具嗎？

首爾是有一千萬人以上居住的大都市。因此，為了能讓居民能夠便利地移動，設計了包含公車和地下鐵等非常完善的大眾交通網絡。公車和地下鐵不只種類繁多，而且相互連結，讓民眾能夠簡單且便利地換乘。對於從一種交通工具換乘到另一種交通工具的人，可以享受到折扣，有時甚至於不收任何費用。但是，因為開車上班的人數很多，所以上下班的時段交通阻塞相當嚴重。

❶ 　　❷ 　　❸

● 여러분의 도시에서는 사람들이 대중 교통 수단을 많이 이용합니까?
　　在各位的城市中，人們經常使用大眾交通工具嗎？

자기 평가 ✎　　　　　　　　　　　　　　　　　　　　自我評價

● 어딘가에 가는 방법을 설명할 수 있습니까?
　各位會說明去某個地方的方法嗎？

非常棒 ●━━●━━●━━●━━● 待加強

● 교통편을 설명하는 글을 읽고 쓸 수 있습니까?
　各位能讀懂，並且書寫說明交通方式的文章嗎？

非常棒 ●━━●━━●━━●━━● 待加強

1 **–아 / 어 / 여야 되다 / 하다**

- 「-아 / 어 / 여야 되다 / 하다」接在動詞語幹後，帶有「一定、必須」的意思。在日常對話中，比起「하다」，更常使用「되다」。

- 這可分為以下三種不同的形態。

  a. 動詞語幹的最後一個母音是「ㅏ」（非「-하다」）或者「ㅗ」時，使用「-아야 되다」。

  b. 動詞語幹的母音是「ㅏ」或者「ㅗ」以外的母音時，使用「-어야 되다」。

  c. 以「하다」來說，正確的形態為「하여야 되다」，但是通常都縮寫為「해야 되다」。

  (1) 시청에 버스를 타고 가야 돼요. 必須要搭巴士去市政府才行。

  (2) 내일은 9시까지 와야 돼요.

  (3) 다음 주에 시험이 있어서 공부해야 돼요.

  (4) 오늘까지 이 일을 다 해야 돼요.

  (5) 서울역에 가려고 해요. _____?

  (6) 저는 오늘 _____.

■新語彙
| 시험 考試 |
| 이 這 |

–에서、–까지

2 「-에서」是「從」的意思，而「-까지」則是「到」的意思。接在表示場所的名詞後，表現出發地和目的地。

(1) 저는 미국에서 왔어요. 我是從美國來的。

(2) 부산까지 기차를 타고 가세요.

(3) 집에서 학교까지 버스를 타고 가요.

(4) 서울에서 경주까지 3시간쯤 걸려요.

(5) 저는 _____ 왔어요.

(6) _____ 뛰어갔어요.

■新語彙
| 뛰어가다 跑去 |

MEMO

여보세요.

제11과 전화
電話

目標
各位將能接與打電話

主題	電話
功能	接打電話
活動	聽力：理解電話上的對話
	口說：在各種情況下打電話和接電話
	閱讀：閱讀有關電子通訊（電話、電子郵件等）的問卷調查，並且回答問題
	寫作：書寫自己是如何使用電話的文章
語彙	電話號碼、與電話使用相關的表現
文法	-아 / 어 / 여 주세요、-(으)ㄹ 것이다、-(으)ㄹ게요
發音	「-지요?」的語調
文化	韓國的通訊文化

제11과 전화 電話

1. 이 사람들은 무엇을 하고 있어요?
   這些人正在做什麼呢？

2. 한국말로 전화해 본 적 있어요? 전화를 걸면 처음에 뭐라고 말을 해요?
   曾經用韓語講過電話嗎？打電話的話，一開始要說什麼呢？

1

마이클 : 여보세요. 거기 이 선생님 댁이지요?
부　　인 : 네, 그런데요.
마이클 : 저는 마이클인데요. 이 선생님 계세요?
부　　인 : 네, 잠깐만 기다리세요.

> **新語彙**
>
> 여보세요.
> 喂。（在電話中使用的表現）
>
> 댁 家、公館（敬語）
>
> 부인 夫人
>
> 그런데요. 是的、是那樣的。
>
> 계시다 在（敬語）
>
> 잠깐만 稍微、一會兒

2

케　　빈 : 여보세요. 다케시 씨 좀 바꿔 주세요.
토머스 : 다케시 씨는 학교에 갔어요.
케　　빈 : 그럼 집에 몇 시쯤 들어와요?
토머스 : 글쎄요. 아마 여섯 시쯤 들어올 거예요.
케　　빈 : 그러면 제가 일곱 시쯤 다시 전화할게요.
　　　　　 안녕히 계세요.

> **新語彙**
>
> ○○ 좀 바꿔 주세요.
> 請○○接電話。/ 請找○○。
>
> 들어오다 進來
>
> 아마 大概、可能
>
> 글쎄요. 這個嘛…（表示不確定）
>
> 제가 我
>
> 다시 再、又

3

여러분은 친구에게 편지를 자주 써요? 저는 편지를 잘 안
써요. 그 대신 자주 전화를 하고, 이메일을 보내요. 저도
친구들에게서 전화와 이메일을 자주 받아요.
오늘도 친구들에게 이메일을 보냈어요. 제 이메일을 읽고
친구가 바로 답장을 보냈어요. 아주 기뻤어요.

> **新語彙**
>
> 자주 經常
>
> 잘 經常、好好地
>
> 그 대신 作為代替、補償
>
> 전화 電話
>
> 이메일 電子郵件
>
> (친구들)에게서 從（朋友們）
>
> 제 我的
>
> 바로 馬上
>
> 답장 回信
>
> 기쁘다 高興的

1 〈보기〉와 같이 이야기해 보세요.

> 김영진
>
> 가 : 여보세요. 거기 김영진 씨 집이지요?
> 　　喂。請問那裡是金永振的家吧？
>
> 나 : 네, 그런데요.
> 　　是，是那樣的。
>
> 가 : 김영진 씨 있어요?
> 　　金永振在嗎？
>
> 나 : 네. 잠깐만 기다리세요.
> 　　是的，請稍等。

❶ 이미라　　　**❷** 박지성　　　**❸** 나은주

❹ 왕치엔　　　**❺** 존슨　　　**❻** 사토

2 〈보기〉와 같이 이야기해 보세요.

● 新語彙

사장님　老闆、社長

> 김 선생님
>
> 가 : 여보세요. 거기 김 선생님 댁이지요?
> 　　喂。請問那裡是金老師的府上吧？
>
> 나 : 네, 그런데요.
> 　　是，是那樣的。
>
> 가 : 김 선생님 계세요?
> 　　金老師在嗎？
>
> 나 : 네. 잠깐만 기다리세요.
> 　　是的，請稍等。

❶ 이 선생님　　　**❷** 박 선생님　　　**❸** 최 사장님

❹ 강 사장님　　　**❺** 이진수 씨　　　**❻** 정한영 씨

❸ 〈보기〉와 같이 이야기해 보세요.

> **보기**
>
> | | |
> |---|---|
> | 고려 대학교 / 이수영 | 가 : 여보세요. 거기 고려 대학교지요?
喂。請問那裡是高麗大學吧？

나 : 네, 그런데요.
是，是那樣的。

가 : 이수영 씨 좀 부탁합니다.
麻煩請李秀英小姐聽電話。

나 : 네. 잠깐만 기다리세요.
是的，請稍等。 |

新語彙

신라 호텔 *新羅飯店*
삼성 전자 *三星電子*
엘지 전자 *LG 電子*
국민 은행 *國民銀行*
현대 자동차 *現代汽車*

❶ 김치 박물관 / 김민규   ❷ 신라 호텔 / 이지현

❸ 삼성 전자 / 박인수   ❹ 엘지 전자 / 한지호

❺ 국민 은행 / 김주영   ❻ 현대 자동차 / 정찬기

❹ 〈보기〉와 같이 이야기해 보세요.

> **보기**
>
> | | |
> |---|---|
> | 245-6021 | 가 : 여보세요. 거기 이사오의 육공이일
이지요?
喂。請問那裡是245-6021吧？

나 : 네, 맞는데요.
是的，沒錯。 |

新語彙

맞는데요. 沒錯、對

語言提點

245-6021
이사오의 육공이일/이백사
십오 국의 육천이십일 번
0可讀作「공」或「영」
（2470 : 이사칠공 /
이사칠영）。

❶ 713-6845   ❷ 524-5021   ❸ 678-2580

❹ 3290-2971   ❺ 02-385-6010   ❻ 032-162-6593

❺ 〈보기〉와 같이 이야기해 보세요.

> **보기**
>
> | | |
> |---|---|
> | 가르치다 | 가 : 전화 번호가 어떻게 돼요?
좀 가르쳐 주세요.
電話號碼是幾號呢？請告訴我。

나 : 253-2785예요.
是253-2785。 |

新語彙

전화 번호 電話號碼
어떻게 돼요?
是多少？/ 是什麼？
가르치다 教、告訴
알리다 告知
메모하다 簡單記下、寫便條
적다 記、寫

❶ 말하다   ❷ 이야기하다   ❸ 알리다

❹ 메모하다   ❺ 쓰다   ❻ 적다

6 5의 대화를 이용하여 반 친구들의 전화 번호를 알아보
   세요.
   請使用第5項中的對話，詢問一下班上同學的電話號碼。

●新語彙

아닌데요. 不是。

잘못 걸었습니다.
打錯電話了。

죄송합니다. 對不起。

7 〈보기〉와 같이 이야기해 보세요.

> 보기
>
> 김영진 씨 집
>
> 가 : 여보세요. 거기 김영진 씨 집이지요?
>   喂。請問那裡是金永振的家吧？
>
> 나 : 아닌데요. 잘못 걸었습니다.
>   不是，打錯了。
>
> 가 : 죄송합니다.
>   對不起。

❶ 린다 씨 집   ❷ 이 선생님 댁

❸ 고려 대학교   ❹ 신라 호텔

❺ 257-3483   ❻ 804-6749

8 〈보기〉와 같이 이야기해 보세요.

> 보기
>
> 린다
>
> 가 : 여보세요. 거기 린다 씨 집이지요?
>   喂。請問那裡是琳達的家吧？
>
> 나 : 네, 그런데요.
>   是的，是那樣的。
>
> 가 : 린다 씨 좀 바꿔 주세요.
>   麻煩請琳達接電話。
>
> 나 : 잠깐만 기다리세요. 린다 씨, 전화
>   받으세요.
>   請稍等。琳達，請接電話。

❶ 이미라   ❷ 아만다   ❸ 최인호

❹ 케빈   ❺ 다케시   ❻ 치엔 웨이

●발음 發音

「-지요?」的語調

수미 씨 집이지요?
한국어가 재미있죠?

在回答韓語的yes/no問句時，
從第二音節開始到最後一個
音節，語調會下降，而在最
後一音節時，語調上升。但
是如果是使用「-지요?」來
進行確認的詢問時，雖然語
調很像，但是最後一音節會
先上升後再下降。

▶연습해 보세요.
(1) 린다 씨 집이지요?
(2) 이 선생님 댁이지요?
(3) 알겠지요?
(4) 미국 사람이죠?

9 〈보기〉와 같이 이야기해 보세요.

> 보기
>
>
>
> 린다 씨 / 마이클
>
> 가 : 린다 씨 좀 바꿔 주세요.
> 麻煩請琳達接電話。
>
> 나 : 전데요. 실례지만 누구세요?
> 我就是。不好意思，請問您是誰？
>
> 가 : 저 마이클이에요.
> 我是麥可。

▶ 新語彙

전데요. 我就是。

실례지만 不好意思⋯

누구세요? 請問您是誰？

❶ 이미라 씨 / 케빈　　❷ 왕치엔 씨 / 다나카

❸ 김인호 씨 / 타우픽　❹ 교코 씨 / 밍밍

❺ 정 선생님 / 린다　　❻ 이 사장님 / 텐진

10 〈보기1〉과 〈보기2〉와 같이 이야기해 보세요.

> 보기1
>
> 린다 씨
>
> 가 : 린다 씨 좀 바꿔 주세요.
> 麻煩請琳達接電話。
>
> 나 : 린다 씨 지금 없어요.
> 琳達現在不在。

> 보기2
>
> 린다 씨
>
> 가 : 린다 씨 좀 바꿔 주세요.
> 麻煩請琳達接電話。
>
> 나 : 린다 씨 지금 안 계세요.
> 琳達現在不在。

❶ 이미영 씨　　❷ 사만다 씨　　❸ 최영호 씨

❹ 한민수 씨　　❺ 최 선생님　　❻ 강 사장님

11 〈보기〉와 같이 이야기해 보세요.

> 보기
>
> 5시 / 6시
>
> 가 : 사토 씨 몇 시에 들어와요?
> 佐藤幾點會回來呢？
>
> 나 : 아마 다섯 시에 들어올 거예요.
> 大約5點會回來。
>
> 가 : 그러면 제가 여섯 시에 다시
> 전화할게요.
> 那麼我6點再打電話。

❶ 2시 / 3시　　❷ 4시 / 5시　　❸ 7시 / 8시

❹ 저녁 / 9시　　❺ 밤 / 내일 아침　❻ 밤 / 다음

12 다음 그림을 보고 이야기하면서 전화 관련 표현을 익혀
보세요.

請在看完以下的圖片後，試著練習，並且熟悉與電話相關的表現。

전화 통화   通電話
전화를 걸다 打電話
전화를 받다 接電話
전화를 바꿔 주다 將電話換給某人
전화를 끊다 掛電話
통화 중이다 通話中
벨이 울리다 （電話）鈴響
휴대 전화 手機
공중 전화 公共電話

🎧 聽力_듣기

1 다음은 전화 번호 서비스 회사 직원과의 통화 내용입니다. 잘 듣고 전화 번호를 쓰세요.

以下是和查號台服務人員的通話內容。請在仔細聽完後，寫出電話號碼。

1) 고려 식당 　　＿＿＿＿＿ - 1439
2) 서울 극장 　　＿＿＿＿＿ - 3028
3) 힐튼 호텔 　　754 - ＿＿＿＿＿
4) 고려 대학교 　3290 - ＿＿＿＿＿
5) 서울 병원 　　＿＿＿＿＿＿＿＿
6) 하나 여행사 　＿＿＿＿＿＿＿＿

2 다음을 잘 듣고 전화하고 싶은 사람이 있으면 ○, 없으면 ✕에 표시하세요.

請仔細聽以下的內容，如果要通話的人在的話，請標示○。不在的話，請標示✕。

1) ○ ✕   2) ○ ✕   3) ○ ✕   4) ○ ✕

3 다음 대화를 듣고 질문에 대답하세요.

請在聽完以下的對話後，回答問題。

1) 마이클이 왜 전화를 했어요?
2) 마이클과 수미는 토요일에 뭘 할 거예요?

🎙 口說_말하기

1 옆 친구와 'A' 와 'B' 가 되어 이야기해 보세요.
請和旁邊的朋友扮演A與B的角色，試著說說看。

1) A 수미 씨와 전화를 하고 싶어서 회사에 전화를 걸었어요.
   B 나는 수미 씨의 회사 친구예요. 수미 씨가 옆에 있어요.

2) A 선생님에게 전화를 걸었어요.
   B 나는 박 선생님의 딸이에요. 아버지는 지금 집에 안 계세요.

3) A 다케시 씨에게 전화를 걸었어요.
   B 나는 다케시예요. 친구가 전화를 했어요.

📖 閱讀_읽기

1 다음은 통신 이용 실태를 조사하기 위한 설문 조사의
일부입니다. 잘 읽고 질문에 대답하세요.
以下是為了調查通訊使用情況的部分問卷調查內容。請在
仔細閱讀後，回答問題。

● 다음 설문의 ㉠, ㉡이 무슨 뜻일지 추측해 보세요.
　請猜猜看問卷中的 ㉠ 和 ㉡ 是什麼意思？

● 잘 읽고 해당되는 것에 표시하세요.
　請在仔細閱讀後，標示出答案。

(1) 무엇을 가장 자주 사용합니까?
　　□전화　　□편지　　　□이메일

(2) 누구에게 전화나 이메일을 많이 보냅니까?
　　□가족　　□친구　　　□직장 동료　□㉠기타:＿＿＿＿

(3) 하루에 전화를 몇 번 합니까?
　　□00번　　□1~2번　　□3~5번　　□6번㉡이상

(4) 어느 전화를 가장 많이 사용합니까?
　　□집 전화　□휴대 전화　□공중 전화　□㉠기타:＿＿＿＿

(5) 하루에 이메일을 얼마나 보냅니까?
　　□0개　　□1~5개　　□6~10개　　□11개㉡이상

(6) 하루에 이메일을 얼마나 받습니까?
　　□0개　　□1~5개　　□6~10개　　□11개㉡이상

 寫作_쓰기

1 여러분이 어떤 통신 수단을 이용해 누구와 얼마나 자주 연락을 하는지 설명하는 글을 써 보세요.
請寫一篇文章說明各位使用何種通訊工具？和誰？還有多常聯絡？

● 여러분이 위의 설문 조사지에 표시한 내용을 바탕으로, 어떤 내용으로 글을 쓸지 구상해 보세요.
請各位以之前標示的問卷內容為基礎，想想看要寫的文章內容。

● 구상한 내용을 바탕으로 글을 써 보세요.
請以構思的內容為基礎，試著寫一篇文章看看。

 문화　**한국의 통신 문화** 韓國的通訊文化

● 여러분은 「엄지족」을 아세요? 그리고 다음의 글과 그림의 의미를 아세요?
各位知道「拇指族」嗎？還有各位知道以下文章和圖案的意思嗎？

　　　안냐세요!　ㅠ_ㅠ

在電子通訊基礎設備非常發達的韓國，全國各地都可以自由地使用手機或者網路。幾乎所有韓國的成年人不僅都會使用手機通話，也會連上網路使用網路銀行。使用手機的年輕人為了和朋友溝通，常常會使用簡訊的功能。有些十幾歲的學生一天可以發送一百則以上的簡訊。因為一整天使用大拇指來快速地發送簡訊，所以他們被稱作「拇指族」，也就是‘拇指世代’的意思。不管是在電子郵件或者手機簡訊，十幾歲的學生們常會使用一些不符合韓語規則的表現。而且，他們為了表現自己的心情，會使用各式各樣的表情符號，如以下所示。

　　방가방가!(반갑습니다.)　　8282535(빨리빨리 오세요.)

　　*^○^*　笑臉　　　　OT L　挫折

● 여러분 나라에서 사용하는 통신 언어나 이모티콘은 어떤 것이 있습니까?
在各位國家中使用的通訊語言或表情符號有哪些呢？

자기 평가 ✏　　　　　　　　　　　　　　　　　　　自我評價

● 전화 번호를 묻고 알려 줄 수 있습니까?
各位會詢問別人的電話號碼，並且告訴別人電話號碼嗎？
非常棒 ●———●———●———●———● 待加強

● 한국어로 전화를 걸고 받을 수 있습니까?
各位會用韓語來打電話和接電話嗎？
非常棒 ●———●———●———●———● 待加強

1 **-아 / 어 / 여 주세요**

● 「-아 / 어 / 여 주세요」接在動詞的語幹後，是為了話者或（除了聽者之外的）其他人的利益，向聽者請求時所使用的表現。嚴格來説這是命令句，但是它也有「可以稍微幫我…嗎？」的意思。

● 這可分為以下三種形態。
　　a. 動詞語幹的最後一個母音為「ㅏ」或者「ㅗ」時，使用「-아 주세요」。
　　b. 動詞語幹的最後為「ㅏ」或者「ㅗ」以外的母音時，使用「-어 주세요」。
　　c. 以「하다」來説，正確的形態為「하여 주세요」，但是比起「하여 주세요」，更常使用「해 주세요」。

　　(1) 수미 씨 좀 바꿔 주세요. 麻煩請秀美聽電話。
　　(2) 가족 사진이에요? 좀 보여 주세요.
　　(3) 미안하지만, 사전 좀 빌려 주세요.
　　(4) 제 가방 좀 들어 주세요.
　　(5) 전화 번호 좀 _____.
　　(6) 여기에 전화 번호를 좀 _____.

> ■ 新語彙
>
> 가족 사진　家族照片
> 보이다　給看、使看
> 사전　字典
> 빌리다　借
> 들다　提

-(으)ㄹ 것이다

2 ● 「-(으)ㄹ 것이다」接在動詞或者形容詞的語幹後，表現出話者的推測或斟酌，且經常與副詞「아마」一起使用。

● 這可分為以下兩種形態。
　　a. 語幹的最後一個字是以母音或者子音「ㄹ」結尾時，使用「-ㄹ 것이다」。
　　b. 語幹的最後一字是以「ㄹ」以外的子音結尾時，使用「-을 것이다」。

● 如果是推測過去的事或者已經結束的動作時，則使用「-았/었/였을 것이다」。

　　(1) 잠깐만 기다리세요. 곧 전화가 올 거예요. 請稍等。馬上就會打電話來。
　　(2) 영호 씨 집에 전화해 보세요. 지금 집에 있을 거예요.
　　(3) 수미 씨가 린다 씨한테 이야기했을 거예요.
　　(4) 마이클 씨한테 전화해 보세요. 아마 집에 도착했을 거예요.
　　(5) 교코 씨는 _____.
　　(6) _____. 그러니까 내일 가세요.

> ■ 新語彙
>
> 도착하다　到達

③ -(으)ㄹ게요

● 「-(으)ㄹ 게요」接在動詞的語幹後，表現出話者的意志或者決定，且經常與作為句子主語的「제가/내가/우리가」一起使用。此外，這只能用在陳述句上，不能使用在疑問句裡。而且這是在非正式場合與社會地位高的人，或者跟不熟悉的人對話時，常使用的口語表現。

이 일을 제가 할게요. 這件事我來做。

● 依照動詞語幹的最後一個字，可分為兩種形態。
a. 動詞的語幹是以母音或者子音「ㄹ」結尾時，使用「-ㄹ게요」。
b. 動詞的語幹是以「ㄹ」以外的子音結尾時，則使用「-을게요」。

(1) 오늘 저녁에 전화할게요. 今天晚上打電話給您。
(2) 수미 씨, 학교 앞에서 기다리세요. 우리가 두 시까지 갈게요.
(3) 잠깐 창문 좀 열게요.
(4) 제가 읽을게요.
(5) 내일은 제가 _____.
(6) 린다 씨, 공부하세요. _____.

제12과 취미
興趣

目標
各位將能談論興趣和休閒活動

主題	興趣
功能	談論興趣和經驗
活動	聽力：聆聽有關興趣的對話
	口說：詢問朋友喜歡的活動及興趣
	閱讀：閱讀有關社團活動的小冊子
	寫作：書寫自己的興趣
語彙	興趣、運動、與頻率相關的表現
文法	–는 것、못、–보다、–에
發音	母音 ㅜ 和 ㅡ
文化	韓國人的休閒生活

제12과 취미 興趣

도입

1. 이 사람들의 취미는 무엇일까요?
   這些人的興趣是什麼呢？

2. 여러분의 취미는 뭐예요? 시간이 있을 때 여러분은 보통 무엇을 해요?
   各位的興趣是什麼呢？空閒時各位通常會做些什麼呢？

1

밍밍 : 성호 씨, 취미가 뭐예요?

성호 : 제 취미는 영화 보는 거예요.

　　　밍밍 씨는 취미가 뭐예요?

밍밍 : 저는 등산하는 것을 좋아해요.

성호 : 산에 자주 가요?

밍밍 : 요즘은 바빠서 자주 못 가요.

新語彙

취미 興趣

요즘 最近

2

영　민 : 운동하는 것을 좋아해요?

토머스 : 네, 좋아해요.

영　민 : 무슨 운동을 좋아해요?

토머스 : 저는 테니스를 좋아해요.

영　민 : 테니스를 자주 쳐요?

토머스 : 네, 일주일에 두 번 정도 쳐요.

新語彙

(일주일)에 每（週）

3

제 취미는 사진을 찍는 것이에요. 그래서 저는 주말에
보통 사진을 찍으러 가요. 고궁에도 가고 시장에도 가요.
저는 한국에 있는 동안 한국의 사진을 많이 찍고 싶어요.

新語彙

고궁 故宮

있는 동안 在某地的期間

興趣 **197**

1 〈보기〉와 같이 이야기해 보세요.

> 보기
>
> 여행하다
>
> 가 : 여행하는 것을 좋아해요?
> 喜歡旅行嗎？
>
> 나 : 네, 여행하는 것을 좋아해요.
> 是的，喜歡旅行。

❶ 책을 읽다　　　　　**❷** 요리하다

❸ 사진을 찍다　　　　**❹** 음악을 듣다

❺ 춤을 추다　　　　　**❻** 그림을 그리다

취미 興趣
영화를 보다 看電影
여행하다 旅行
사진을 찍다 照相、攝影
요리하다 烹飪、煮飯
춤을 추다 跳舞
그림을 그리다 畫畫
컴퓨터 게임을 하다 玩電腦遊戲
우표를 모으다 收集郵票
산책하다 散步
운동하다 運動

2 〈보기〉와 같이 이야기해 보세요.

> 보기
>
>
>
> 가 : 취미가 뭐예요?
> 興趣是什麼呢？
>
> 나 : 제 취미는 그림을 그리는 것이에요.
> 我的興趣是畫畫。

❶ 　　　　**❷**

❸ 　　　　**❹**

❺ 　　　　**❻**

3 〈보기〉와 같이 이야기해 보세요.

보기

가 : 취미가 뭐예요?
興趣是什麼呢?

나 : 운동하는 거예요.
是運動。

가 : 무슨 운동을 좋아해요?
喜歡什麼運動呢?

나 : 축구를 좋아해요.
喜歡足球。

❶

❷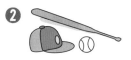

❸

❹

❺

❻

■ 운동 運動

축구를 하다	踢足球
야구를 하다	打棒球
수영을 하다	游泳
스키를 타다	滑雪
스케이트를 타다	溜冰
골프를 치다	打高爾夫球
테니스를 치다	打網球
탁구를 치다	打桌球
배드민턴을 치다	打羽毛球
볼링을 치다	打保齡球

4 〈보기〉와 같이 이야기해 보세요.

보기

테니스를 치다

가 : 테니스를 칠 수 있어요?
會打網球嗎?

나 : 아니요, 못 쳐요.
不，不會打。

❶ 스키를 타다   ❷ 축구를 하다

❸ 탁구를 치다   ❹ 볼링을 치다

❺ 야구를 하다   ❻ 스케이트를 타다

5 〈보기〉와 같이 이야기해 보세요.

> 보기
>
> 축구 /
> 야구
>
> 가 : 축구를 좋아해요?
> 喜歡足球嗎?
>
> 나 : 네. 그렇지만 축구보다 야구를 더
> 좋아해요.
> 是的,但是比起足球,更喜歡棒球。

❶ 탁구 / 볼링   ❷ 스케이트 / 스키   ❸ 테니스 / 배드민턴
❹ 수영 / 축구   ❺ 산책 / 등산   ❻ 영화 / 연극

6 〈보기〉와 같이 이야기해 보세요.

> 보기
>
> 음악 듣다 /
> 노래 부르다
>
> 가 : 음악 듣는 거 좋아해요?
> 喜歡聽音樂嗎?
>
> 나 : 네. 그렇지만 음악 듣는 것보다
> 노래 부르는 걸 더 좋아해요.
> 是的,但是比起聽音樂,更喜歡唱歌。

> ■ 新語彙
>
> 노래 부르다 唱歌
> 경기 比賽

❶ 축구하다 / 축구 경기 보다   ❷ 영화 보다 / 운동하다
❸ 그림 구경하다 / 그림 그리다   ❹ 책 읽다 / 텔레비전 보다
❺ 춤추다 / 음악 듣다   ❻ 사진 찍다 / 컴퓨터 게임 하다

7 〈보기 1〉이나 〈보기 2〉와 같이 이야기해 보세요.

> 보기1
>
> 등산을 하다 /
> 자주
>
> 가 : 등산을 자주 해요?
> 經常爬山嗎?
>
> 나 : 네, 자주 해요.
> 是的,經常爬山。

> ■ 빈도1 頻率1
>
> 자주 經常
> 가끔 有時、偶爾

> 보기2
>
> 볼링을 치다 /
> 가끔
>
> 가 : 볼링을 자주 쳐요?
> 經常打保齡球嗎?
>
> 나 : 아니요, 가끔 쳐요.
> 不,偶爾打。

> ■ 新語彙
>
> 미술관 美術館

❶ 여행을 하다 / 자주   ❷ 영화를 보다 / 자주
❸ 사진을 찍다 / 자주   ❹ 미술관에 가다 / 가끔
❺ 스키를 타다 / 가끔   ❻ 음악회에 가다 / 가끔

8 〈보기〉와 같이 이야기해 보세요.

보기

텔레비전을 보다/
별로

가 : 텔레비전을 자주 봐요?
經常看電視嗎?

나 : 아니요, 별로 안 봐요.
不・不太看電視

■ 빈도2 頻率2

별로 안 不太
거의 안 幾乎不
전혀 안 完全不

❶ 테니스를 치다 / 별로   ❷ 요리를 하다 / 별로

❸ 등산을 하다 / 거의   ❹ 음악을 듣다 / 거의

❺ 컴퓨터 게임을 하다 / 전혀   ❻ 노래를 하다 / 전혀

9 다음 활동을 자주 하는지 안 하는지 친구와 묻고 대답
해 보세요.

請問問看朋友以下的活動常不常做，並且回答他們的提問。

영화 ○	○ 자주
축구 ○	○ 가끔
등산 ○	○ 별로 안
춤 ○	○ 거의 안
음악회 ○	○ 전혀 안

10 〈보기〉와 같이 이야기해 보세요.

보기

영화를 보다 /
한 달

가 : 영화를 얼마나 자주 봐요?
多常看電影呢?

나 : 한 달에 한 번쯤 봐요.
一個月看一次左右。

■ 新語彙

하루 一天
외국 外國

❶ 테니스를 치다 / 일주일   ❷ 축구를 하다 / 일주일

❸ 음악회에 가다 / 한 달   ❹ 외국 여행을 가다 / 일 년

❺ 컴퓨터 게임을 하다 / 하루   ❻ 사진을 찍으러 가다 / 한 달

11 〈보기〉와 같이 이야기해 보세요.

보기

1달, 3번

가 : 취미가 뭐예요?
　　興趣是什麼呢？

나 : 제 취미는 영화를 보는 거예요.
　　我的興趣是看電影。

가 : 영화를 얼마나 자주 봐요?
　　多常看電影呢？

나 : 한 달에 세 번쯤 봐요.
　　一個月看三次左右。

■ 발음 發音

母音 ㅜ 和 ㅡ

그림

구름

在發「ㅜ」的音時，先把嘴唇往前推後，圍成圓圈狀發音。在發「ㅡ」的音時，嘴巴微開，把舌頭拉平後發音。

　　우　　　　으

▶연습해 보세요.
(1) 노래를 부르다, 춤을 추다
(2) 나는 구름을 그려요.
(3) 가 : 음악을 자주 들어요?
　　나 : 네, 자주 들어요.
(4) 가 : 그림을 구경하러 자주
　　　　가요?
　　나 : 아니요, 자주 못 가요.
　　　　가끔 가요.

❶

1달, 1번

❷

1주일, 3번

❸

1주일, 1번

❹

1주일, 5번

❺

1달, 2번

❻

3일, 1번

聽力_듣기

1 잘 듣고 알맞은 그림을 고르세요.
請在仔細聽完後，選出正確的圖片。

1)_____ 2)_____ 3)_____ 4)_____

2 다음 대화를 잘 듣고 어떤 것을 더 자주 하는지 표시하세요.
請在仔細聽完以下的對話後，標示出較常做的活動。

1) ⓐ ⓑ

2) ⓐ ⓑ

3) ⓐ ⓑ

③ 다음 대화를 잘 듣고 질문에 대답하세요.

請在仔細聽完以下的對話後，回答問題。

1) 남자의 취미는 무엇입니까?

❶ 　❷ 　❸

2) 얼마나 자주 합니까?

❶ 일주일에 1번　❷ 일주일에 2번　❸ 일주일에 3번

3) 두 사람은 주말에 무엇을 합니까?

❶ 테니스를 칠 거예요.

❷ 영화를 볼 거예요.

❸ 축구를 할 거예요.

 **문화**　**한국인의 취미 생활** 韓國人的休閒生活

● 한국 사람들이 가장 많이 하는 취미 활동은 무엇일까요? 아는 것이 있으면 이야기해 보세요.
　韓國人最常做的休閒活動是什麼呢？請說說看您所知道的。

● 다음 글을 읽고 여러분 나라 사람의 취미 생활과 한국인의 취미 생활을 비교해 보세요.
　請在閱讀下文後，比較看看各位國家和韓國的休閒生活。

　　　為了改善生活品質，人們在星期六不再上班，因此韓國人的休閒活動也變得更加多樣。根據最近的研究顯示，韓國人最喜歡的休閒活動是登山，其他的休閒活動如讀書、聽音樂、玩電玩、運動、上網、釣魚以及旅遊等，也是許多韓國人所熱衷的。就如同登山是四十幾歲的男性所偏好的休閒活動一般，有趣的是，根據不同的性別、不同的年紀，所喜歡的休閒活動也不一樣。調查顯示，在所有的年齡層，不論男女都喜歡能和大自然接觸的休閒活動，如登山、釣魚、旅行等。但是相對來說，年輕的世代一般則喜歡電腦和音樂等那些流行變化較快的休閒活動。到幾年前為止，這些的休閒活動還相對較新，但是現在已經能和讀書或者登山等休閒活動來競爭，這樣的事實實在讓人有處於兩個不同世界的感覺。

 口說_말하기

1 친구들이 무엇을 좋아하고 무엇을 싫어하는지 알아보세요.

請瞭解看看朋友們喜歡什麼，以及討厭什麼。

● 옆 친구에게 어떤 활동을 좋아하고, 어떤 활동을 싫어하는지 물어 보세요. 그리고 또 좋아하는 활동을 얼마나 자주 하는지 물어 보세요.

請問問看旁邊的朋友喜歡什麼活動，以及討厭什麼活動。還有，多常做自己喜歡的活動。

활동	좋아해요?	자주/가끔	얼마나 자주
등산	○	자주	1주일, 1번
운동			
컴퓨터 게임			
춤			
여행			

● 위에서 조사한 내용을 친구들에게 이야기해 주세요.

請跟朋友們說說看以上調查的內容。。

2 친구의 취미에 대해 자세히 알아보세요.

請仔細瞭解看看朋友的興趣。

● 친구의 취미를 알아보기 위해 어떤 질문을 할 수 있어요? 친구에게 할 질문을 생각해 보세요.

為了瞭解朋友的興趣，可以問些什麼問題呢？請想想看要問朋友的問題。

● 친구의 취미를 물어 본 후 다음 표를 채워 보세요.

請在問完朋友的興趣後，完成以下的表格。

무슨 취미?	
얼마나 자주?	
언제?	
어디에서?	
누구하고?	

1 다음은 어떤 취미 활동 동호회 회원 모집을 알리는 글입니다. 잘 읽고 질문에 대답하세요.

以下是某個同好會的會員招募文。請在仔細閱讀後，回答問題。

⚽ 안암 축구회 회원 모집 ⚽

축구를 좋아하는 사람은 모두 환영합니다.

매주 토요일 아침 6시부터 8시까지 축구를 합니다.

축구도 하고 친구도 사귀세요.

* (㉠) : 안암 초등 학교 운동장

* 연락처 : 김한국(334-3276)

안암 축구회

▸新語彙

축구회 足球同好會

회원 會員

모집 募集、招募

환영하다 歡迎

매주 每週

(6시)부터 （六點）開始

(친구를) 사귀다 交（朋友）

초등 학교 小學

연락처 通訊處

1) ㉠에 들어갈 알맞은 말을 고르세요.

請選出可填入㉠中的正確答案。

❶ 시간　　❷ 장소　　❸ 가격　　❹ 전화 번호

▸新語彙

가격 價格

2) 읽은 내용과 같으면 ○, 다르면 ×에 표시하세요.

與閱讀的內容相同的話，請標示○。不同的話，請標示×。

(1) 축구 경기를 소개해요.　　○ ×

(2) 안암 축구회는 일주일에 한 번 축구를 해요.　　○ ×

(3) 축구를 잘하는 사람만 들어갈 수 있어요.　　○ ×

▸語言提點

「-만」是「只、僅」的意思。

1 여러분의 취미를 소개하는 글을 써 보세요.
請試著寫一篇文章來介紹各位的興趣。

● 여러분은 어떤 취미를 갖고 있습니까? 그것을 얼마나 자주 합니까? 그리고 어디에서 누구와 함께 합니까? 그 취미의 장점은 무엇입니까? 간단히 메모해 보세요.

各位有什麼興趣呢？那興趣有多常做呢？還有在哪裡和誰一起做呢？那興趣的優點是什麼呢？請簡單地記下來。

(1) 취미 :
(2) 얼마나 자주 :
(3) 어디에서 :
(4) 누구와 :
(5) 좋은 점 優點 :

● 메모한 내용을 바탕으로 여러분의 취미를 소개하는 글을 써보세요.

請以所寫的內容為基礎，試著寫一篇文章介紹各位的興趣。

● 여러분의 취미를 친구들에게 소개해 보세요.

請試著向朋友介紹看看各位的興趣。

자기 평가 ✎

● 취미에 대해 묻고 대답할 수 있습니까?
各位會詢問別人的興趣，並且回答他們的提問嗎？

非常棒 ●━━━●━━━●━━━●━━━● 待加強

● 동호회 회원을 모집하는 간단한 안내문을 이해할 수 있습니까?
各位能理解招募同好會會員的布告嗎？

非常棒 ●━━━●━━━●━━━●━━━● 待加強

● 취미를 소개하는 글을 읽고 쓸 수 있습니까?
各位能讀懂，並且寫出介紹興趣的文章嗎？

非常棒 ●━━━●━━━●━━━●━━━● 待加強

1 –는 것

「-는 것」接在動詞的語幹後，把動詞轉變成動名詞的形態，而動名詞就可以當作句子的主語或者目的語。

(1) 음악 듣는 것을 좋아해요.　喜歡聽音樂。

(2) 저는 친구들하고 이야기하는 것을 좋아해요.

(3) 한국어를 공부하는 것이 재미있어요.

(4) 제 취미는 우표를 모으는 것이에요.

(5) ＿＿＿＿＿＿＿＿＿＿＿이 어려워요.

(6) ＿＿＿＿＿＿＿＿＿＿＿을 싫어해요.

2 못

「못」在動詞前使用，表現出因為沒有機會或者能力不足，所以無法做那樣的行動。

(1) 가 : 수영을 할 수 있어요?　會游泳嗎？

　　나 : 아니요, 못 해요.　不，不會。

(2) 피아노를 못 쳐요.

(3) 다리가 아파서 산에 못 가요.

(4) 아침을 못 먹었어요.

(5) 약속이 있어서 ＿＿＿＿＿＿＿＿＿.

(6) 돈이 없어서 ＿＿＿＿＿＿＿＿＿.

> **新語彙**
>
> 피아노를 치다　彈鋼琴

3 –보다

這助詞使用在比較兩個東西的時候，「A가 B보다～」是「A比B更…」的意思。當話者有想強調的事情或者想表達那種語感時，可使用「A가 B보다」或者「B보다 A가」來表現。

(1) 어제보다 오늘이 더 따뜻해요.　比起昨天，今天更溫暖。

(2) 동생이 나보다 키가 커요.

(3) 운동을 하는 것보다 보는 것을 더 좋아해요.

(4) 한국어를 듣는 것이 읽는 것보다 더 어려워요.

(5) 내가 친구보다 ＿＿＿＿＿＿＿＿＿＿.

(6) 백화점이 ＿＿＿＿＿＿＿ 물건 값이 더 비싸요.

> **新語彙**
>
> 동생　弟弟或妹妹
> 키가 크다　個子高

4 −에

這助詞接在表現時間或期間的名詞後，表現出某人多久會做一次什麼事情。

(1) 일주일에 한 번 극장에 가요. 一星期去一次電影院。

(2) 여섯 시간에 한 번 약을 먹어요.

(3) 하루에 두 번 커피를 마셔요.

(4) 1년에 두 번쯤 여행을 가요.

(5) 1년에 두 번 _____.

(6) _____ 부모님에게 전화를 해요.

> **新語彙**
>
> 약 藥
> 부모님 父母

제13과 가족
家人

目標
各位將能談論家人，並介紹自己的家族成員

主題	家人
功能	介紹自己的家族成員、使用正確的敬語詢問以及回答問題
活動	聽力：聆聽有關自己家人的對話
	口說：詢問有關朋友家人的問題
	閱讀：閱讀一段有關某人家人的文章
	寫作：書寫一段介紹自己家族成員的文章
語彙	家人、敬語
文法	−(으)시−、敬語助詞、敬語語彙、−께서、−께서는、−께、−의
發音	母音ㅓ
文化	親屬稱謂

제13과 가족 家人

1. 무슨 사진이에요? 가족이 몇 명이에요? 누가 있어요?

   這是什麼照片呢？家人有幾個人呢？有誰呢？

2. 여러분은 가족이 몇 명이에요? 누구누구예요?

   各位的家人有幾個人呢？有誰呢？

1

영호 : 린다 씨는 가족이 몇 명이에요?

린다 : 부모님하고 저, 모두 세 명이에요.

영호 : 형제가 없어요?

린다 : 네, 없어요. 영호 씨는 가족이 어떻게 돼요?

영호 : 할머니하고 부모님, 여동생 둘, 그리고 저까지
　　　모두 여섯 명이에요.

● 新語彙

가족	家人、家族
형제	兄弟姐妹
할머니	奶奶
여동생	妹妹

2

석　호 : 마이클 씨 부모님께서는 지금 어디에 계세요?

마이클 : 미국에 계세요. 석호 씨는 부모님하고 함께
　　　　살지요?

석　호 : 아니요, 저희 부모님께서는 부산에서 사세요.

마이클 : 아버지께서는 무슨 일을 하세요?

석　호 : 회사에 다니세요.

● 新語彙

| 저희 | 我們（自謙語） |
| 함께 | 一起 |

3

우리 가족을 소개하겠습니다. 우리 가족은 할아버지하고
부모님, 형, 그리고 저까지 모두 다섯 명이에요. 할머니
께서는 오 년 전에 돌아가셨어요. 아버지께서는 은행에
다니시고, 어머니께서는 주부세요. 형은 지금 대학생이
에요. 우리 가족은 지금 대전에 살아요.

● 新語彙

할아버지	爺爺
소개하다	介紹
돌아가시다	過世（敬語）
주부	主婦

말하기 연습

1 다음 그림을 보고 가족 어휘를 배워 봅시다.

請看看以下的圖片，學習家人相關的語彙。

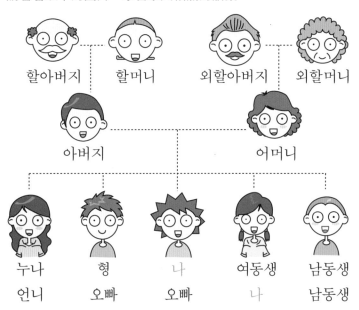

누나	형	나	여동생	남동생
언니	오빠	오빠	나	남동생

가족 家人

할아버지	爺爺
할머니	奶奶
외할아버지	外公
외할머니	外婆
아버지	爸爸
어머니	媽媽
부모님	父母
형	（男生的）哥哥
누나	（男生的）姐姐
오빠	（女生的）哥哥
언니	（女生的）姐姐
동생	弟弟或妹妹
여동생	妹妹
남동생	弟弟
남편	丈夫
아내	妻子
아들	兒子
딸	女兒

2 〈보기〉와 같이 이야기해 보세요.

新語彙

누구누구	誰

보기

4 /
부모님,
형, 저

가 : 가족이 몇 명이에요?
　　家人是幾人呢？

나 : 네 명이에요.
　　是4個人。

가 : 누구누구예요?
　　是誰呢？

나 : 부모님하고 형, 저, 모두 네
　　명이에요.
　　父母、哥哥和我，總共是4個人。

❶ 4 / 부모님, 여동생, 저

❷ 3 / 아내, 아들, 저

❸ 5 / 할아버지, 어머니, 아버지, 누나, 저

❹ 3 / 어머니, 오빠, 저

❺ 3 / 남편, 딸, 저

❻ 5 / 부모님, 형, 남동생, 저

3 〈보기〉와 같이 이야기해 보세요.

> **보기**
>
> 부모님, 언니,
> 저, 동생(5)
>
> 가 : 가족이 어떻게 돼요?
> 家人有誰呢？
>
> 나 : 부모님하고 언니, 저, 동생, 모두
> 다섯 명이에요.
> 父母、姐姐、我和妹妹（或弟弟），總共是5個人。

① 부모님, 저, 누나 (4)

② 아버지, 어머니, 저 (3)

③ 할머니, 할아버지, 어머니, 아버지, 오빠, 저 (6)

④ 남편, 아들, 딸, 저 (4)

⑤ 아버지, 언니, 저 (3)

⑥ 부모님, 저, 남동생, 여동생 (5)

4 우리 반 친구들의 가족 구성원에 대해 알아봅시다. 친구들의 가족이 몇 명인지, 또 누구누구인지 알아봅시다.
請瞭解看看班上同學們的家族成員。請問問看朋友們的家人有幾位以及有誰。

이름 姓名	가족 수 家人數	가족구성원 家族成員
수잔	4명	아버지, 어머니, 나, 동생

5 〈보기〉와 같이 이야기해 보세요.

> **보기**
>
> 수미 씨, 오빠
>
> 가 : 누구예요?
> 是誰呢？
>
> 나 : 수미 씨의 오빠예요.
> 是秀美的哥哥。

① 영미 씨, 언니　② 토머스 씨, 어머니

③ 김 선생님, 딸　④ 저, 동생

⑤ 저, 아들　⑥ 우리, 부모님

● 語言提點

在韓語中，所有格名詞是加上助詞「-의」而成的。但是在日常對話中這個助詞常會被省略。此外，「나의」、「저의」一般也常被縮寫為「내」、「제」。

● 新語彙

누구 誰

6 〈보기〉와 같이 이야기해 보세요.

보기

어머니,
요리를 잘하다

가 : 어머니는 요리를 잘하세요?
媽媽很會做菜嗎?

나 : 네, 요리를 잘하세요.
是的,很會做菜。

❶ 아버지, 회사에 다니다　❷ 어머니, 책을 많이 읽다

❸ 할아버지, 건강하다　❹ 할머니, 노래를 잘하다

❺ 부모님, 서울에 살다　❻ 박 선생님, 키가 크다

7 〈보기 1〉이나 〈보기 2〉와 같이 이야기해 보세요.

보기1

어머니는
키가 크다

가 : 어머니께서는 키가 크세요?
媽媽個子高嗎?

나 : 네, 어머니께서는 키가 크세요.
是的,媽媽個子很高。

보기2

어머니가
키가 크다

가 : 어머니께서 키가 크세요?
媽媽個子高嗎?

나 : 네, 어머니께서 키가 크세요.
是的,媽媽個子很高。

❶ 아버지는 운동을 좋아하다　❷ 할아버지는 건강하다

❸ 어머니가 노래를 잘 부르다　❹ 부모님이 서울에 살다

8 〈보기〉와 같이 이야기해 보세요.

보기

주스를 드시다

가 : 할아버지께서 주스를 드세요?
爺爺喝果汁嗎?

나 : 네, 주스를 드세요.
是的,喝果汁。

❶ 저녁을 잡수시다　❷ 방에서 주무시다

❸ 많이 편찮으시다　❹ 집에 안 계시다

❺ 연세가 많으시다　❻ 돌아가셨다

9 〈보기 1〉이나 〈보기 2〉와 같이 이야기해 보세요.

> **보기1**
>
>
>
> 할아버지께서는 텔레비전을 보세요.
>
> 爺爺在看電視。
>
> 할아버지

> **보기2**
>
>
>
> 형은 축구를 해요.
>
> 哥哥在踢足球。
>
> 형

❶

아버지

❷

동생

❸

어머니

❹

누나

❺

할머니

❻

할아버지

■ 語言提點

當提到年長者的姓名或者年紀時，會使用特別的敬語語彙。(不僅是動詞，名詞亦是如此。)

이름 ➡ 성함

-이름이 뭐예요?

-성함이 어떻게 되세요?

你叫什麼名字？ / 請問尊姓大名？

나이 ➡ 연세

-나이가 많아요?

-연세가 많으세요?

年齡大嗎？ / 歲數大嗎？

■ 발음 發音

母音 ㅢ

> 의사
> [의]
> 희망, 회의
> [히]　 [이]
> 수미 씨의 오빠
> 　　　 [에]

「ㅢ」是「ㅡ」和「ㅣ」連續發音所形成的複合母音。根據不同的位置以及意義，可分為三種發音。「의」位在第一個音節時，發[의]的音，但是當「의」出現在子音的後面，或者不在第一個音節時，則發[이]的音。而像是「수미 씨의 오빠」中表現出所有格的「의」，則發[에]的音。

▶연습해 보세요.

(1) 의사, 의자

(2) 저희, 한의사

(3) 아버지의 옷, 언니의 책

(4) 가 : 린다 씨의 아버지는
　　　　무슨 일을 하세요?

　　나 : 린다 씨의 아버지는
　　　　의사세요.

10 〈보기〉와 같이 이야기해 보세요.
주어에 맞게 '-(으)세요' 와 '-아/어/여요' 를 선택하세요.
請照著範例，試著說說看。請配合主語，選擇「-(으)세요」和
「-아/어/여요」。

보기

가 : 가족이 어떻게 되세요?
家人有誰呢？

나 : 부모님, 형, 여동생, 저, 모두
다섯 명이에요.
父母、哥哥、妹妹和我，總共是5個人。

부모님, 형,
여동생, 나 /
부모님-부산 /
아버지-회사원

가 : 부모님은 지금 어디에 사세요?
父母現在住哪裡呢？

나 : 부산에 사세요.
住釜山。

가 : 아버지는 무슨 일을 하세요?
爸爸在做什麼工作呢？

나 : 회사원이세요.
爸爸是公司職員。

대구	大邱（城市）
은행원	銀行職員
춘천	春川（城市）
경찰(관)	警察
광주	光州（城市）
공무원	公務員
인천	仁川（城市）
교수	教授
전주	全州（城市）

❶ 할머니, 부모님, 여동생, 나 / 할머니-대구 / 여동생-은행원

❷ 할아버지, 부모님, 나 / 할아버지-춘천 / 어머니-의사

❸ 아버지, 어머니, 오빠, 나 / 오빠-인천 / 오빠-교수

❹ 부모님, 형, 나 / 형-전주 / 형-회사원

11 〈보기〉와 같이 이야기해 보세요.

보기

부모님, 언제
결혼하다 /
20년 전

가 : 부모님은 언제 결혼하셨어요?
父母是在什麼時候結婚的呢？

나 : 이십 년 전에 결혼하셨어요.
在20年前結婚的。

결혼하다	結婚
죽다	死
다녀오다	去一趟
대학	大學
한국어학	韓國語言學

❶ 할아버지, 전에 무슨 일을 하다 / 은행에 다니다

❷ 할머니, 언제 죽다 / 작년

❸ 어머니, 어디 가다 / 시장

❹ 사장님, 어디 다녀오다 / 중국

❺ 김 선생님, 대학에서 무슨 공부를 하다 / 한국어학

12 〈보기〉와 같이 이야기해 보세요.

> 보기
>
> 언제 결혼하다 / 4월
>
> 가 : 언제 결혼하실 거예요?
> 什麼時候要結婚呢?
>
> 나 : 사월에 결혼할 거예요.
> 要在四月結婚。

❶ 졸업 후에 어디에 취직하다 / 은행

❷ 언제 미국에 돌아가다 / 다음 달

❸ 대학에서 무슨 공부를 하다 / 경제학

❹ 어디로 이사하다 / 직장 근처

❺ 언제까지 회사에 다니다 / 내년

❻ 은퇴 후에 어디에서 살다 / 고향

▸ 語言提點

在疑問句中,若是主語是回答的人時,為了對回答的人表示尊敬,會使用「-(으)세요、-(으)셨어요、-(으)실 거예요」。

▸ 新語彙

취직하다 就職、就業

경제학 經濟學

이사하다 搬家

직장 職場

은퇴 退休

후 後

고향 故鄉

13 〈보기〉와 같이 이야기해 보세요.

> 보기
>
> 어느 회사에 다니다 / 삼성 전자
>
> 가 : 어느 회사에 다니세요?
> 在哪間公司上班呢?
>
> 나 : 삼성 전자에 다녀요.
> 在三星電子上班。

❶ 가족이 어떻게 되다 / 아내, 아들 2, 딸 1

❷ 지금 무슨 일을 하다 / 은행원

❸ 할머니는 언제 죽다 / 2년 전

❹ 전에 어디에 살다 / 종로

❺ 언제부터 그 회사에서 일하다 / 10년 전부터

❻ 은퇴 후에 무슨 일을 하다 / 고향에 돌아가다

聽力_듣기

1 가족을 소개하는 내용입니다. 잘 듣고 맞는 그림을 고르세요.

這是介紹家人的內容。請在仔細聽完後，選出正確的圖片。

1) _____ 2) _____ 3) _____

2 두 사람이 대화하고 있습니다. 잘 듣고 질문에 대답하세요.

這兩個人正在對話。請在仔細聽完後，回答問題。

1) 사토 씨는 아이가 몇 명이에요?

2) 사토 씨 가족은 지금 어디에서 살아요?

3) 사토 씨 부모님 중 어느 분이 돌아가셨어요?

3 다음은 린다 씨가 자신의 가족을 소개하는 내용입니다. 잘 듣고 맞으면 ○, 틀리면 ✕에 표시하세요.

以下是琳達介紹自己家人的內容。請仔細聽，如果正確的話，請標示○。錯誤的話，請標示✕。

1) 린다 씨는 부모님과 같이 살아요.	○	✕
2) 린다 씨의 어머니는 직장에 다니세요.	○	✕
3) 린다 씨는 결혼을 했어요.	○	✕

 口說_말하기

1 친구의 가족에 대해 알아보세요.
請瞭解一下朋友的家人。

● 친구의 가족에 대해 인터뷰를 하려고 합니다. 어떤 질문들을 할 수 있을까요? 미리 질문할 내용을 준비해 보세요.

如果想針對朋友的家人做個採訪，可以問些什麼問題呢？請先準備要提問的內容。

> • 가족 수 :
> ----------------------------------
> • 누구누구 :
> ----------------------------------
> • 사는 곳 :
> ----------------------------------
> • 직업, 취미, 외모 등（職業、興趣、外貌等）:
> ----------------------------------
> ----------------------------------
> ----------------------------------
> ----------------------------------

● 준비한 질문으로 친구의 가족에 대해 인터뷰해 보세요.
請用準備好的問題，針對朋友的家人做個採訪。

 문화 가족 호칭 親屬稱謂

● 여러분 나라에서는 형제나 자매를 부를 때 어떻게 부릅니까? 이름 말고 형제나 자매를 부르는 호칭이 있습니까?
在各位的國家中，是如何稱呼兄弟姐妹的呢？除了名字之外，有叫兄弟姐妹的稱呼嗎？

● 한국 사람들은 형제나 자매를 어떻게 부를까요? 들어본 적이 있습니까?
韓國人是怎麼叫兄弟姐妹的呢？各位有聽過嗎？

在英語中，會依據性別把表現兄弟姊妹的用詞分為兩類：姊妹和兄弟。但是在韓語中，依據話者與說話對象的性別及年紀，會另有一套稱呼兄弟姊妹的特定語彙。例如姊妹可分為누나（男性稱呼比自己年紀大的女性時）、언니（女性稱呼比自己年紀大的女性時），還有（여）동생（比自己年紀小的女性）。兄弟可分為형（男性稱呼比自己大的男性時）、오빠（女性稱呼比自己年紀大的男性時），還有（남）동생（比自己年紀小的男性）。比自己年紀小的人，又可依據性別分為남동생和여동생。實際上，兄弟姊妹之間互相稱呼時，年紀大的雖然可以叫年紀小的名字，但是年紀小的人卻不行。

📖 閱讀_읽기

1 가족을 소개한 글을 읽어 봅시다.
讓我們一起讀讀看介紹家人的文章。

● 가족을 소개한 글에는 어떤 내용이 있을까요?
在介紹家人的文章中，會有什麼樣的內容呢？

● 다음 가족 소개 글을 읽고 질문에 대답하세요.
請在讀完以下介紹家人的文章後，回答問題。

우리 가족은 할아버지, 아버지, 어머니, 누나, 저,
모두 다섯 명이에요. 할머니는 돌아가셨어요. 할아
버지께서는 연세가 ㉠많지만 아주 건강하세요. 지금
할아버지와 부모님께서는 고향 제주도에 계시고,
누나와 저는 서울에서 살고 있어요. 아버지께서는
공무원이시고, 어머니께서는 중학교에서 영어를
가르치세요. 누나는 3년 전에 대학을 졸업하고
회사에 다녀요.

▸ 新語彙

중학교 國中

영어 英語

(1) 이 사람은 형제가 몇 명이에요?

(2) 이 사람의 부모님은 무슨 일을 하세요?

(3) 이 사람의 가족은 함께 살아요?

(4) ㉠이 무슨 뜻인지 추측해 보세요.
請猜猜看 ㉠ 的意思是什麼。

✏️ 寫作_쓰기

1 여러분의 가족을 소개하는 글을 써 보세요.
請試著寫寫看介紹各位家人的文章。

- 여러분 가족의 이름, 직업, 특징 등을 메모해 보세요.
  請簡單地寫下家人的名字、職業和特徵等。

- 위의 메모를 바탕으로 여러분 가족을 소개하는 글을 써
  보세요.
  請以上面所寫的內容為基礎，試著寫一篇文章來介紹各位的家人。

- 여러분의 가족을 소개한 글을 가족 사진을 보여 주며
  발표해 보세요.
  請發表介紹各位家人的文章，並讓大家看看家人的照片。

자기 평가 ✏️　　　　　　　　　　　　　　　　　　自我評價

- **가족을 소개할 수 있습니까?**
  各位能介紹自己的家人嗎？　　　　　　　　　　非常棒 ●──●──●──● 待加強

- **경어법을 사용해 가족에 대해 묻고 대답할 수 있습니까?**
  各位會使用敬語來詢問與回答有關於家人的問題嗎？　非常棒 ●──●──●──● 待加強

- **가족을 소개하는 글을 읽고 쓸 수 있습니까?**
  各位能讀懂，並且書寫介紹家人的文章嗎？　　　　非常棒 ●──●──●──● 待加強

1 -(으)시-

● 「-(으)시-」是特殊的敬語形態，加在敘述語（動詞或者形容詞）上以表示對句子主語的敬意。(1)當句子的主語比起話者年紀大或者社會地位較高時(2)談話的雙方彼此都不熟悉時，為了表示敬意而使用「-(으)시-」。

● 「-(으)시-」加在動詞或者形容詞的語幹後，並且位在表示時制的語尾之前。現在式是「-(으)세요」、過去式是「-(으)셨어요」、未來式是「-(으)실 거예요」。

	어 간 語幹	-(으)시-	종결 어미 終結語尾	
현 재 現在	가	시	어요	가시어요 → 가셔요, 가세요*
	읽	으시		읽으시어요 → 읽으셔요, 읽으세요*
과 거 過去	가	시	었어요	가시었어요 → 가셨어요
	읽	으시		읽으시었어요 →읽으셨어요
미 래 未來	가	시	ㄹ 거예요	가실 거예요
	읽	으시		읽으실 거예요

*　以往常使用「-(으)셔요」，但最近比起「-(으)셔요」，反而更常使用「-(으)세요」。

(1) 뭐 하세요?　在做什麼呢？
(2) 기분이 좋으세요?
(3) 우리 아버지는 공무원이세요.
(4) 사장님은 나가셨어요.
(5) 어디에서 오셨어요?
(6) 내일 뭐 하실 거예요?
(7) 우리 어머니는 오늘 ＿＿＿＿＿＿＿＿＿＿＿＿＿＿＿＿＿＿＿.
(8) 우리 할머니는 어제 ＿＿＿＿＿＿＿＿＿＿＿＿＿＿＿＿＿＿＿.
(9) 내일 저녁에 부모님이 ＿＿＿＿＿＿＿＿＿＿＿＿＿＿＿＿＿.
(10) 아버지는 지금 ＿＿＿＿＿＿＿＿＿＿＿＿＿＿＿＿＿＿＿.

2 경어 어휘 敬語語彙

● 有些形容詞和動詞裡面已經含有表現尊敬的語尾「-(으)시-」，所以不需要再加入「-(으)시-」。

있다 → 계시다　在（某場所）	먹다 → 드시다 / 잡수시다　吃
말하다 → 말씀하시다　說話	자다 → 주무시다　睡覺
아프다 → 편찮으시다　不舒服、生病	죽다 → 돌아가시다　過世

아버지가 불고기를 드세요.　爸爸吃烤肉。
선생님이 학교에 계세요.　老師在學校。
할머니가 방에서 주무세요.　奶奶在房裡睡覺。

● 除了以上所列的動詞和形容詞之外，有些特定的名詞也有與之相應的敬語語彙。

집 → 댁　府上	말 → 말씀　話
이름 → 성함　大名	나이 → 연세　歲數
생일 → 생신　大壽、生辰	(한) 명 → (한) 분　（一）位
(이) 사람 → (이) 분　（這）位	누구/누가 → 어느 분/어느 분이　哪位
아내 → 부인　夫人	

(1) 부모님은 지금 고향에 계세요.　父母現在在故鄉。
(2) 많이 드세요.
(3) 내일이 어머니 생신이에요.
(4) 어제 몇 시에 주무셨어요?
(5) 김 선생님, 먼저_____. 저는 다음에 이야기할게요.
(6) 오늘 오후에 할머니 _____에 갈 거예요.
(7) 할아버지께서 3년 전에 _____.
(8) 가 : _____ 어떻게 되세요?
　　나 : 김민호입니다.

● 新語彙

먼저 首先、先

③ –께서、–께서는、–께

就如同使用「-(으)시-」來尊敬句子的主語，一些特殊的助詞也有其相應的敬語語彙。

● -께서

「-께서」是用來代替「-이/가」以提高句子主語的地位。如果在句子中使用「-께서」的話，那個句子一定得加上「-(으)시-」，或者在敘述語上加入其他表示尊敬的語彙。但在口語中，助詞「-이/가」也可和「-(으)셨어요」一起使用。

아버지께서 오셨어요. 爸爸來了。

아버지가 오셨어요. 爸爸來了。

● -께서는

「-께서는」是用來代替「-은/는」以提高句子主語的地位。如果在句子中使用「-께서는」的話，那個句子一定得加上「-(으)시-」，或者在敘述語上加入其他表示尊敬的語彙。

할아버지께서는 돌아가셨어요. 爺爺過世了。

사장님께서는 퇴근하셨어요. 老闆下班了。

● -께

在含有「-한테」或者「-에게」的句子裡，如果對象是比句子的主語地位更高時，為了表示尊敬，會用「-께」來代替「-한테」或者「-에게」。此外，動詞也會跟著改變，例如：像是用「드리다」來代替「주다」，「말씀드리다」來代替「말하다」。

부모님께 선물을 드렸어요. 送了禮物給父母。

선생님께 말씀드렸어요. 跟老師説了。

(1) 할아버지께서 가셨어요. 爺爺去了。

(2) 조금 전에 이 선생님께서 말씀하셨어요.

(3) 아버지께서는 어디 계세요?

(4) 선생님께서는 언제부터 한국말을 가르치셨어요?

(5) 선생님께 누가 말씀드릴 거예요?

(6) _____ 회의에 가실 거예요?

(7) _____ 방에서 텔레비전을 보세요.

(8) 제가 _____ 말씀드렸어요.

4 −의

這助詞是為了表現出「所有」的意義而加在名詞之後。也就是說,「A의 B」意為「A擁有B」或者「B歸屬於A」,但是在日常對話常會省略「의」。此外,在提到某人所屬的國家、學校以及家庭時,常會以「우리」來代替「내」,例如:「우리 아버지」(意思是我的爸爸)。

수미의 집 秀美的家

우리의 학교 我們的學校

(1) 이것은 진영 씨의 가방이에요. 這是*振英*的包包。

(2) 이것은 선생님의 옷이에요.

(3) 우리 가족 사진이에요.

(4) 그것은 내 우산이에요.

(5) _____ 토머스 체이스예요.

(6) 오늘은 _____ 생일이에요.

제14과 우체국·은행
郵局、銀行

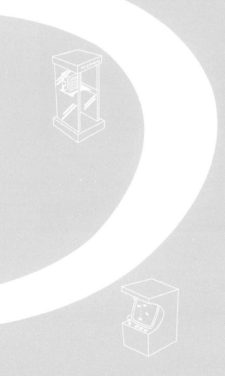

目標

各位將能做些簡單的交易。例如：在銀行換錢，或者在郵局寄信。

主題	郵局、銀行
功能	在公共場合以適當的方法説話、在郵局寄送包裹或者信件、在銀行換錢和開戶
活動	聽力：聆聽在郵局和銀行裡的對話
	口説：在郵局寄信件或包裹、在銀行開戶和換錢
	閱讀：閱讀寫在信封上的住址
	寫作：在信封上書寫住址
語彙	在郵局和銀行做的事、與郵局和銀行相關的單字、期間
文法	－ㅂ니다/습니다、－ㅂ니까/습니까、－(으)십시오、－(으)ㅂ시다
發音	鼻音化
文化	韓國人確認身分的方法

제14과 우체국·은행 郵局、銀行

도입

1. 여기는 어디입니까? 이 사람들은 지금 무슨 말을 하고 있을까요?
   這裡是哪裡呢？這些人現在在說什麼呢？

2. 여러분은 우체국에 무엇을 하러 갑니까? 은행에서는 무엇을 합니까?
   各位會去郵局做什麼呢？在銀行又會做什麼呢？

1

직원 : 어떻게 오셨습니까?

손님 : 편지를 보내려고 합니다.

직원 : 어디로 보내실 겁니까?

손님 : 영국으로 보낼 겁니다.

직원 : 여기에 올려놓으십시오. 사천칠백 원입니다.

손님 : 영국까지 얼마나 걸립니까?

직원 : 아마 일주일쯤 걸릴 겁니다.

> ● 新語彙
>
> 어떻게 오셨습니까?
> 請問有什麼需要嗎？
>
> 올려놓다 放上去

2

직원 : 뭐 하실 겁니까?

손님 : 환전을 하려고 해요.

직원 : 뭘로 바꾸시겠습니까?

손님 : 원으로 바꿔 주십시오.
　　　그리고 통장을 만들고 싶습니다.

직원 : 이 신청서를 쓰고 여기에 서명하십시오.
　　　그리고 여권을 보여 주십시오.

손님 : 네, 알겠습니다.

> ● 新語彙
>
> 환전 換錢
> 바꾸다 換（東西）
> 통장 存摺
> 신청서 申請書
> 서명 簽名
> 여권 護照
> 알겠습니다. 了解、知道了。

3

저는 오늘 한국에 와서 처음 은행에 갔습니다.
먼저 달러를 원으로 바꿨습니다. 그리고 통장을
만들었습니다. 신청서에 이름과 주소, 비밀 번호를
쓰고 서명을 했습니다. 현금 카드도 만들었습니다.

> ● 新語彙
>
> 달러 美金
> 주소 地址
> 비밀 번호 密碼
> 현금 카드 提款卡

1 〈보기〉와 같이 이야기해 보세요.

> 보기
>
> **편지를 보내다**
>
> 가 : 편지를 보냅니까?
> 　　寄信嗎？
>
> 나 : 네, 편지를 보냅니다.
> 　　是的，寄信。

❶ 소포를 보내다　　　　　**❷** 돈을 보내다

❸ 환전하다　　　　　　　**❹** 돈을 찾다

❺ 통장을 만들다　　　　　**❻** 현금 카드를 만들다

2 〈보기〉와 같이 이야기해 보세요.

> 보기
>
> **편지를 보내다**
>
> 가 : 어떻게 오셨습니까?
> 　　請問有什麼需要嗎？
>
> 나 : 편지를 보내려고 합니다.
> 　　打算要寄信。

❶ 우표를 사다　　　　　　**❷** 엽서를 사다

❸ 소포를 보내다　　　　　**❹** 환전하다

❺ 돈을 찾다　　　　　　　**❻** 통장을 만들다

3 〈보기〉와 같이 이야기해 보세요.

> 보기
>
> **주소를 쓰다**
>
> 가 : 주소를 쓰셨습니까?
> 　　住址寫了嗎？
>
> 나 : 네, 썼습니다.
> 　　是的，寫了。

❶ 우편 번호를 쓰다　　　　**❷** 우표를 붙이다

❸ 여권을 가지고 오다　　　**❹** 도장을 찍다

❺ 신청서를 쓰다　　　　　**❻** 서명하다

우체국 업무　郵局業務

편지를 보내다	寄信
소포를 보내다	寄包裹
엽서를 사다	買明信片
우표를 사다	買郵票

은행 업무　銀行業務

환전하다	換錢
돈을 찾다	提款
돈을 보내다	匯款
통장을 만들다	辦存摺、開戶
현금 카드를 만들다	辦提款卡
신용 카드를 만들다	辦信用卡

**우체국, 은행 관련 표현
與郵局、銀行相關的表現**

주소	地址
우편 번호	郵遞區號
우표	郵票
붙이다	貼、黏
여권	護照
신청서	申請書
비밀 번호	密碼
서명하다	簽名
도장을 찍다	蓋章

新語彙

가지고 오다	帶來

〈보기〉와 같이 이야기해 보세요.

> 보기
>
> 편지를 보내다
>
> 가 : 편지를 보낼 겁니까?
> 要寄信嗎？
>
> 나 : 네, 편지를 보낼 겁니다.
> 是的，要寄信。

① 소포를 보내다   **②** 돈을 보내다

③ 환전하다   **④** 돈을 찾다

⑤ 통장을 만들다   **⑥** 현금 카드를 만들다

 〈보기〉와 같이 이야기해 보세요.

> 보기
>
> 편지 / 미국
>
> 가 : 이 편지를 어디로 보내실 겁니까?
> 這封信是要寄到哪裡的呢？
>
> 나 : 미국으로 보낼 겁니다.
> 是要寄到美國的。

① 편지 / 영국   **②** 편지 / 필리핀

③ 소포 / 스웨덴   **④** 엽서 / 몽골

⑤ 엽서 / 콜롬비아   **⑥** 카드 / 캐나다

 〈보기〉와 같이 이야기해 보세요.

> 보기
>
> 잠깐만
> 기다리세요.
>
> 잠깐만 기다리십시오.
> 請稍等。

① 우표를 붙이세요.   **②** 현금 카드를 만드세요.

③ 여권을 보여 주세요.   **④** 신청서를 쓰세요.

⑤ 여기에 서명하세요.   **⑥** 여기에 도장을 찍으세요.

● 발음 發音

鼻音化

> 합니다 [함니다]

如果「ㄱ、ㄷ、ㅂ」後面接的是響音（ㄴ、ㅁ、ㄹ）的話，就會鼻音化成為 [ㅇ、ㄴ、ㅁ]。

▶ 연습해 보세요.
(1) 가 : 사전도 사요?
　　나 : 아니요, 책만 사요.
(2) 가 : 아버지 옷도 샀어요?
　　나 : 아니요, 어머니 옷만
　　　　샀어요.
(3) 가 : 밥 먹었어요?
　　나 : 아니요, 떡 먹었어요.
(4) 가 : 어떻게 오셨습니까?
　　나 : 일본에 소포를 보내려
　　　　고 합니다.

7 〈보기〉와 같이 이야기해 보세요.

> **보기**
>
> 편지를 보내다 /
> 우표를 붙이다
>
> 가 : 편지를 보내고 싶습니다.
> 　　想要寄信。
>
> 나 : 우표를 붙이십시오.
> 　　請貼上郵票。

❶ 편지를 보내다 / 우편 번호를 쓰다

❷ 편지를 보내다 / 편지를 이 위에 올려놓다

❸ 소포를 보내다 / 저울 위에 올려놓다

❹ 소포를 보내다 / 보내는 사람의 주소를 쓰다

8 〈보기〉와 같이 이야기해 보세요.

> **보기**
>
> 내일 만나요.
>
> 가 : 내일 만납시다.
> 　　明天見面吧！
>
> 나 : 네, 좋습니다.
> 　　是，好的。

❶ 좀 더 기다려요.　　❷ 진우에게 선물을 보내요.

❸ 도서관에서 공부해요.　❹ 저기에 앉아요.

❺ 소포를 보내요.　　　❻ 이 책을 읽어요.

기간 期間	
하루	一天
이틀	兩天
사흘	三天
나흘	四天
닷새	五天
엿새	六天
이레	七天
여드레	八天
아흐레	九天
열흘	十天
일주일	一個星期
보름	十五天

9 〈보기〉와 같이 이야기해 보세요.

> **보기**
>
>
>
> 영국 / 일주일
>
> 가 : 영국까지 얼마나 걸립니까?
> 　　到英國要花多久呢？
>
> 나 : 일주일쯤 걸릴 겁니다.
> 　　要花一個星期左右。

語言提點

當說到四天以上時，常會說
「사일、오일、육일、칠일、
팔일、구일」。但是十天
則會說「열흘」、十五天
會說「보름」、七天會說成
「일주일」。

❶ 서울 / 하루　　❷ 부산 / 이틀　　❸ 호주 / 일주일

❹ 중국 / 5일　　❺ 태국 / 일주일　❻ 브라질 / 열흘

10 〈보기〉와 같이 이야기해 보세요.

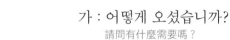

> **보기**
>
>
>
> 편지 / 중국 /
> 1,300원 / 사흘
>
> 가 : 어떻게 오셨습니까?
> 　　請問有什麼需要嗎？
>
> 나 : 편지를 보내려고 합니다.
> 　　打算要寄信。
>
> 가 : 어디로 보내실 겁니까?
> 　　要寄到哪裡呢？
>
> 나 : 중국으로 보낼 겁니다.
> 　　要寄到中國。
>
> 가 : 이 위에 올려놓으십시오.
> 　　천삼백 원입니다.
> 　　請放到這上面。是1,300元。
>
> 나 : 중국까지 얼마나 걸립니까?
> 　　到中國要花多久呢？
>
> 가 : 사흘쯤 걸립니다.
> 　　要花三天左右。

❶  편지 / 프랑스 / 2,700원 / 일주일

❷  엽서 / 일본 / 1,600원 / 닷새

❸  소포 / 경주 / 3,400원 / 이틀

11 〈보기〉와 같이 이야기해 보세요.

> **보기**
>
> 달러 ➡ 원
>
> 가 : 어떻게 오셨습니까?
> 　　請問有什麼需要嗎？
>
> 나 : 환전을 하고 싶습니다.
> 　　想要換錢。
>
> 가 : 뭘로 바꾸시겠습니까?
> 　　要換成什麼呢？
>
> 나 : 달러를 원으로 바꿔 주십시오.
> 　　請幫我把美金換成韓幣。

> **新語彙**
>
> 엔 日元
> 위안 人民幣
> 유로 歐元
> 여행자 수표 旅行支票

❶ 엔 ➡ 원　❷ 위안 ➡ 원　❸ 호주 달러 ➡ 원
❹ 유로 ➡ 원　❺ 여행자 수표 ➡ 원　❻ 원 ➡ 달러

12 〈보기〉와 같이 이야기해 보세요.

> 보기
>
> 통장을 만들다 /
> 신청서를 쓰고
> 서명하다,
> 신분증을 주다
>
> 가 : 어서 오십시오. 뭘 하실 겁니까?
> 歡迎光臨。請問要做什麼呢？
>
> 나 : 통장을 만들려고 합니다.
> 打算要辦存摺。
>
> 가 : 신청서를 쓰고 서명하십시오.
> 그리고 신분증을 주십시오.
> 請填寫申請書後簽名。還有，請給我身分證。
>
> 나 : 네, 알겠습니다.
> 是的，知道了。

● 新語彙

신분증 身分證
인터넷 뱅킹 網路銀行

❶ 인터넷 뱅킹을 신청하다 / 통장을 주다, 신분증을 주다

❷ 돈을 찾다 / 신청서를 쓰고 서명하다, 통장을 주다

❸ 돈을 보내다 / 신청서를 쓰고 서명하다, 돈을 주다

❹ 현금 카드를 만들다 / 신청서를 쓰고 도장을 찍다,
통장과 신분증을 주다

 문화 **한국의 신분 확인 수단** 韓國人確認身分的方法

● 여러분 나라에서는 무엇을 보고 그 사람의 신분을 확인합니까? 그리고 한국에서는 어떻게 하는지 알고 있습니까?
在各位國家，是看什麼來確認一個人的身分呢？還有各位知道在韓國是如何確認的嗎？

● 다음을 본 적이 있습니까? 무엇인지 알고 있습니까?
有看過以下的東西嗎？各位知道這是什麼嗎？

國民身分證

私章

印信

個人簽名

18歲以上的韓國人都有國民身分證。在需要確認身分時，這可證明他的身分。護照、學生證、駕照也能作為確認身分的方法。韓國人在填寫證書、契約、申請書等文件時，一般雖然會使用圖章，但是最近也常用簽名代替。

활동

🎧 聽力_듣기

1 이 사람은 지금 무엇을 하려고 해요? 잘 듣고 맞는 것을 고르세요.

這個人現在打算要做什麼呢？請在仔細聽完後，選出正確的答案。

1) ☐ 편지를 보내다　　☐ 소포를 보내다
2) ☐ 편지를 보내다　　☐ 소포를 보내다
3) ☐ 통장을 만들다　　☐ 돈을 찾다
4) ☐ 돈을 바꾸다　　☐ 통장을 만들다

2 이 사람은 뭘 만들려고 해요? 잘 듣고 맞는 것을 고르세요.

這個人打算要辦什麼呢？請在仔細聽完後，選出正確的答案。

ⓐ 　　ⓑ 　　ⓒ

3 다음 대화를 잘 듣고 질문에 대답하세요.

請在仔細聽完以下的對話後，回答問題。

1) 이 사람은 무엇을 보냅니까?
2) 이 사람은 무엇을 해야 합니까?
　❶ 우표를 붙여야 합니다.　❷ 주소를 써야 합니다.

🎙️ 口說_말하기

1 여러분은 다음과 같은 일을 하러 우체국과 은행에 갔습니다. 다음의 상황에서 '-ㅂ니다/습니다' 형태를 사용해서 이야기해 보세요.

各位為了要辦以下的事情而去了郵局和銀行。請在以下的情況，請使用「-ㅂ니다/습니다」的形態來試著說說看。

● 다음의 상황에서 어떻게 이야기해야 할지 생각해 보세요.

請想想看在以下的情況應該要怎麼說。

1) 프랑스에 있는 친구에게 편지를 보내려고 합니다. 	2) 캐나다에 있는 친구에게 소포를 보내려고 합니다. 
3) 은행에서 달러를 원으로 바꾸려고 합니다. 	4) 은행에서 통장을 만들려고 합니다. 

● 각 상황에서 직원과 손님이 되어 이야기해 보세요.

請在各種情況下，扮演職員和客人的角色，試著說說看。

📖 閱讀_읽기

1 여러분은 다음과 같이 쓰인 편지를 한 통 받았습니다.
잘 보고 질문에 대답하세요.

各位收到了一封信，所寫的內容如下。請在仔細閱讀後，回答問題。

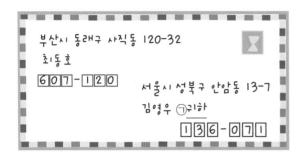

1) 누가 누구에게 보냈습니까? 這封信是誰寄給誰的呢？

2) ㉠'귀하'는 언제 쓰는 말입니까? ㉠「귀하」是在什麼時候使用的話呢？

📝 寫作_쓰기

1 다음 자료를 이용해 위와 같이 한국의 선생님에게 보내는
편지 봉투를 써 보세요.

請使用以下的資料，照著以上的方式，試著寫看看要寄給韓國老師的信封。

받는 사람 : 박수정 선생님

주　　소 : 서울시 종로구 연지동 15-72

우편 번호 : 100-105

자기 평가 ✏️

自我評價

● 우체국을 이용할 수 있습니까?
　각位會使用郵局嗎？

　　　　　　　　　非常棒 ●━━━●━━━● 待加強

● 은행을 이용할 수 있습니까?
　各位會使用銀行嗎？

　　　　　　　　　非常棒 ●━━━●━━━● 待加強

● 편지 봉투를 읽고 쓸 수 있습니까?
　各位能讀懂，並且書寫信封嗎？

　　　　　　　　　非常棒 ●━━━●━━━● 待加強

❖ **격식체 표현** 格式體表現

在韓語中，依照正式的對話以及非正式的對話，其說話的方式也會不同，而最大的差異在於句子最後一部分會變得不一樣。到目前為止所學的形態（-아/어/여요、-(으)세요、-(으)ㄹ게요、-(으)ㄹ까요、-(으)ㄹ래요），都是在非正式的對話中使用的。但是像是在會議、發表、演說等公開的、正式的、與工作相關的場合，則另有一套使用的表現。不論話者和聽者有多親近，就如同剛剛所提到的一樣，在正式而且公開的狀況下，必須要使用這樣正式的形態。

1 -ㅂ니다/습니다, -ㅂ니까/습니까

- 「-ㅂ니다/습니다」是陳述句語尾「-아/어/여요」的正式表現，「-ㅂ니까/습니까」是疑問句語尾「-아/어/여요」的正式表現。而且「-ㅂ니다/습니다」和「-ㅂ니까/습니까」是比「-아/어/여요」更為客氣的表現。

- 依照語幹的最後一個字，可分為兩種形態。
  a. 語幹如果是以母音或者子音「ㄹ」結尾時，使用「-ㅂ니다」和「-ㅂ니까」。
  b. 語幹如果是以「ㄹ」以外的子音結尾時，則使用「-습니다」和「-습니까」。

어간 語幹	높임 尊待	시제 時制	종결어미 終結語尾	완성형 完成形
가다	가			ㅂ니다 / ㅂ니까	갑니다 / 갑니까
	가	시		ㅂ니다 / ㅂ니까	가십니다 / 가십니까
	가		았	습니다 / 습니까	갔습니다 / 갔습니까
	가	시	었	습니다 / 습니까	가셨습니다 / 가셨습니까
	가		겠	습니다 / 습니까	가겠습니다 / 가겠습니까
읽다	읽			습니다 / 습니까	읽습니다 / 읽습니까
	읽	으시		ㅂ니다 / ㅂ니까	읽으십니다 / 읽으십니까
	읽		었	습니다 / 습니까	읽었습니다 / 읽었습니까
	읽	으시	었	습니다 / 습니까	읽으셨습니다 / 읽으셨습니까
	읽		겠	습니다 / 습니까	읽겠습니다 / 읽겠습니까

(1) 저는 회사에 다닙니다. 我在公司上班。

(2) 저는 책을 많이 읽습니다.

(3) 오늘 동생에게 편지를 보냈습니다.

(4) 여기에서 기다리겠습니다.

(5) 통장을 만들 겁니까?

(6) 어떻게 오셨습니까?

(7) 손님, _____?

(8) 도쿄까지 _____.

2 -(으)십시오

- 「-(으)십시오」是命令形，因此只能接在非形容詞的動詞語幹後，且為「-(으)세요」的正式形態。

- 依照動詞語幹的最後一個字，可分為兩種形態。
  a. 動詞的語幹如果是以母音或者子音「ㄹ」結尾時，使用「-십시오」。
  b. 動詞的語幹如果是以「ㄹ」以外的子音結尾時，則使用「-으십시오」。

> 가다 ➡ 가십시오. 請走。
>
> 앉다 ➡ 앉으십시오. 請坐。

(1) 주소와 우편 번호를 쓰십시오. 請寫住址和郵遞區號。

(2) 현금 카드도 만드십시오.

(3) 책을 많이 읽으십시오.

(4) 자, 사진 찍겠습니다. 예쁘게 웃으십시오.

(5) 오늘부터 _____.

(6) 다음 주에 회의가 있습니다. _____.

新語彙	
자	好、來
예쁘게	漂亮地

3 -(으)ㅂ시다

- 「-(으)ㅂ시다」是共動形，因此只能接在非形容詞的動詞語幹後。「-(으)ㅂ시다」在正式與非正式的對話中都可以使用，但是與年長者或地位較高的人個別對話時，「-(으)ㅂ시다」對他們來說可能會覺得不禮貌。

여러분, 앞으로 열심히 공부합시다. 各位！未來一起努力學習吧！

선생님, 이야기를 합시다. (×)

● 依照動詞語幹的最後一個字，可分為兩種形態。
    a. 動詞的語幹如果是以母音或者子音「ㄹ」結尾時，使用「-ㅂ시다」。
    b. 動詞的語幹如果是以「ㄹ」以外的子音結尾時，則使用「-읍시다」。

(1) 밥 먹으러 갑시다. 一起去吃飯吧！
(2) 린다 씨에게 전화를 겁시다.
(3) 우리 모두 열심히 노력합시다.
(4) 다음에는 이 책을 읽읍시다.
(5) 벌써 열두 시입니다. _____.
(6) 날씨가 좋습니다. _____.

新語彙	
앞으로	未來、將來
열심히	努力地、用功地
벌써	已經、早就

MEMO

제15과 약국
藥局

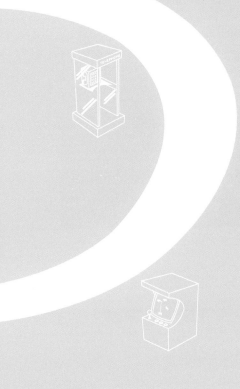

目標
各位將能在藥局說明自己的症狀以及買藥。

主題	藥局
功能	說明症狀、了解拿藥的方法、給建議
活動	聽力：聆聽在藥局裡的對話
	口說：述說常見的症狀、說明症狀與在藥局買藥
	閱讀：閱讀處方籤和有關缺席緣由的信
	寫作：書寫描述自己生病時的文章
語彙	身體、症狀
文法	−아／어／여도 되다、−(으)면 안 되다、−지 말다、
	−(으)ㄴ 후에、−기 전에
發音	ㅅ和ㅆ
文化	韓國的藥局

제15과 약국 藥局

도입

1. 여기는 어디입니까? 이 사람은 어디가 아파서 왔을까요?

   這裡是哪裡呢？這個人是因為哪裡不舒服而來的呢？

2. 여러분은 약국을 이용해 본 적이 있습니까? 어디가 어떻게 아팠습니까?

   各位使用過藥局嗎？是因為哪裡還有如何不舒服呢？

대화 & 이야기

對話 & 敘述

1

약사 : 어떻게 오셨습니까?

손님 : 감기에 걸렸어요.

약사 : 어떻게 아프십니까?

손님 : 목이 아프고 기침을 해요.

약사 : 열도 납니까?

손님 : 아니요, 열은 안 나요.

약사 : 그럼 이 약을 드십시오.

　　　 하루에 세 번, 식사 후에 드십시오.

新語彙

약사	藥劑師
감기에 걸리다	患感冒
목	喉嚨
기침을 하다	咳
열이 나다	發燒
약	藥
식사	吃飯、用餐

2

손님 : 소화가 안 되고 배가 아파요.

약사 : 뭘 드셨어요?

손님 : 어제 저녁에 돼지고기를 먹었어요.

약사 : 그럼 이 약을 드세요.

손님 : 밥을 먹어도 돼요?

약사 : 아니요, 오늘은 밥을 먹으면 안 돼요.

　　　 오늘은 밥을 드시지 말고 죽을 드세요.

新語彙

소화가 안 되다	消化不良
돼지고기	豬肉
죽	粥

3

어제 밤부터 머리가 아프고 열이 났습니다. 기침도
심하고 몸살이 나서 오늘은 회사에 안 갔습니다.
아침에 일찍 약국에 가서 약을 샀습니다. 집에 와서
약을 먹고 푹 잤습니다. 과일도 많이 먹었습니다.
지금은 많이 좋아져서 내일은 회사에
가려고 합니다.

新語彙

머리	頭
기침	咳嗽
심하다	嚴重
몸살이 나다	全身痠痛、渾身難受
푹	充份地（休息、睡覺）
좋아지다	好轉、變好

1 〈보기〉와 같이 이야기해 보세요.

> 보기
>
> 가 : 어디가 아프세요?
> 哪裡不舒服呢?
>
> 나 : 머리가 아파요.
> 頭痛。

▪신체 身體

몸	身體
머리	頭
얼굴	臉
눈	眼睛
코	鼻子
입	嘴巴
귀	耳朵
목	脖子、喉嚨
가슴	胸
배	肚子
어깨	肩膀
팔	手臂
손	手
허리	腰
등	背
엉덩이	屁股
다리	腿
발	腳、足

2 〈보기〉와 같이 이야기해 보세요.

> 보기
>
> 감기에 걸렸다
>
> 가 : 어떻게 오셨습니까?
> 請問有什麼需要嗎?
>
> 나 : 감기에 걸렸어요.
> 感冒了。

▪증상 症狀

감기에 걸리다	患感冒
열이 나다	發燒
기침을 하다	咳嗽
콧물이 나다	流鼻水
배탈이 나다	肚子痛
소화가 안 되다	消化不良
토하다	嘔吐
설사하다	拉肚子

❶ 소화가 안 되다 　❷ 배탈이 났다

❸ 기침을 하다 　❹ 콧물이 나다

❺ 열이 나다 　❻ 설사를 하다

3 〈보기〉와 같이 이야기해 보세요.

보기

감기에 걸렸다 / 머리가 아프다, 열이 나다

가 : 어떻게 오셨어요?
　　請問有什麼需要嗎？

나 : 감기에 걸렸어요.
　　感冒了。

가 : 어떻게 아프세요?
　　哪裡不舒服呢？

나 : 머리가 아프고 열이 나요.
　　頭痛，還有發燒。

1 감기에 걸렸다 / 목이 아프다, 기침을 하다

2 감기에 걸렸다 / 기침을 하다, 콧물이 나다

3 배가 아프다 / 토하다, 설사를 하다

4 감기에 걸렸다 / 열이 나다, 목이 아프다

5 감기에 걸렸다 / 머리가 아프다, 콧물이 나다

6 배탈이 났다 / 배가 아프다, 설사를 하다

4 〈보기〉와 같이 이야기해 보세요.

보기

밥을 먹다

가 : 밥을 먹어도 돼요?
　　吃飯也行嗎？

나 : 네, 밥을 먹어도 돼요.
　　是的，吃飯也行。

1 커피를 마시다　　　　**2** 돼지고기를 먹다

3 밖에 나가다　　　　　**4** 샤워하다

5 운동하다　　　　　　**6** 아이스크림을 먹다

◾語言提點

在説「감기에 걸리다」或者「배탈이 나다」時，即便是現在的狀態，還是得使用過去式「감기에 걸렸어요」或者「배탈이 났어요」來表現。

◾발음 發音

ㅅ和ㅆ

사다

싸다

在發「ㅅ」和「ㅆ」的音時，需將舌頭往上抬減少和上齒間的空隙來發音。但在發「ㅅ」的音時，留下的空隙會比發「ㅆ」音時的空隙更多。

ㅅ　　　　ㅆ

▶연습해 보세요.
(1) 사람, 우산
(2) 싸우다, 비싸다
(3) 가 : 안나 씨는 어느 나라
　　　　사람이에요?
　　나 : 러시아 사람이에요.
(4) 가 : 설사를 자주 해요.
　　나 : 그럼, 하루 세 번 식사
　　　　후에 이 약을 드세요.

◾新語彙

아이스크림　冰淇淋

5 〈보기〉와 같이 이야기해 보세요.

> 보기
>
> 밥을 먹다
>
> 가 : 밥을 먹어도 돼요?
> 吃飯也行嗎？
>
> 나 : 아니요, 밥을 먹으면 안 돼요.
> 不，吃飯的話不行。

● 新語彙

술 酒

고기 肉

❶ 커피를 마시다　　❷ 술을 마시다

❸ 아이스크림을 먹다　　❹ 고기를 먹다

❺ 밖에 나가다　　❻ 운동을 하다

6 〈보기〉와 같이 이야기해 보세요.

> 보기
>
> 밥을 먹다
>
> 가 : 밥을 먹어도 돼요?
> 吃飯也行嗎？
>
> 나 : 안 돼요. 밥을 먹지 마세요.
> 不行，請不要吃飯。

❶ 수영을 하다　　❷ 밖에 나가다

❸ 커피를 마시다　　❹ 아이스크림을 먹다

❺ 운동을 하다　　❻ 이 약을 먹다

7 〈보기〉와 같이 이야기해 보세요.

> 보기
>
> 운동을 하다 /
> 푹 쉬다
>
> 가 : 운동을 해도 돼요?
> 運動也行嗎？
>
> 나 : 운동하지 말고 푹 쉬세요.
> 請不要運動，好好地休息。

● 新語彙

따뜻한 물 溫水

❶ 아이스크림을 먹다 / 따뜻한 물을 마시다

❷ 밥을 먹다 / 죽을 먹다

❸ 식사를 하다 / 따뜻한 물을 마시다

❹ 커피를 마시다 / 차를 마시다

❺ 문을 열다 / 창문을 열다

❻ 밖에 나가다 / 집에서 쉬다

8 〈보기〉와 같이 이야기해 보세요.

> 보기
>
> 세 번, 식사 후
>
> 가 : 이 약을 어떻게 먹어야 돼요?
> 這個藥應要怎麼吃才行呢?
>
> 나 : 하루에 세 번, 식사 후에 드세요.
> 請每天三次,飯後服用。

❶ 한 번, 아침　　　　　❷ 두 번, 아침하고 저녁

❸ 세 번, 식사 전　　　　❹ 한 번, 저녁 식사 전

❺ 세 번, 식사 후　　　　❻ 한 번, 아침 식사 후

9 〈보기〉와 같이 이야기해 보세요.

> 보기
>
>
>
> 감기에 걸렸다 / 밖에 나가다 / 집에서 푹 쉬다
>
> 가 : 감기에 걸렸어요.
> 感冒了。
>
> 나 : 그럼 하루에 세 번 이 약을 드세요.
> 那麼請吃這個藥,每天三次。
>
> 가 : 밖에 나가도 돼요?
> 出去外面也行嗎?
>
> 나 : 아니요, 밖에 나가면 안 돼요.
> 밖에 나가지 말고 집에서 푹 쉬세요.
> 不,出去外面的話不行。請不要出去外面,在家好好地休息。

❶ 감기에 걸렸다 / 수영을 하다 / 푹 쉬다

❷ 허리가 아프다 / 운동을 하다 / 집에서 푹 쉬다

❸ 소화가 안 되다 / 밥을 먹다 / 죽을 먹다

❹ 목이 아프다 / 아이스크림을 먹다 / 따뜻한 물을 많이 마시다

🎧 聽力_듣기

1 다음 대화를 잘 듣고 맞는 그림을 고르세요.

請在仔細聽完以下的對話後，選出正確的圖示。

1) _____ 2) _____ 3) _____

2 다음 대화를 잘 듣고 맞으면 ○, 틀리면✕에 표시하세요.

請仔細聽以下的對話，正確的話，請標示○。錯誤的話，請標示✕。

1) 두 사람은 학교 친구예요.	○	✕
2) 남자는 오늘 배가 아파서 학교에 안 갔어요.	○	✕
3) 남자는 오늘 저녁을 먹어도 돼요.	○	✕
4) 남자는 내일 여자와 같이 병원에 갈 거예요.	○	✕

3 다음 대화를 잘 듣고 맞는 그림을 고르세요.

請在仔細聽完以下的對話後，選出正確的圖示。

1) 이 사람은 어떻게 아픕니까? 모두 고르세요.

這個人是怎麼不舒服呢？請選出所有的選項。

2) 약사는 환자에게 무엇을 하지 말라고 했습니까? 모두 고르세요.

藥劑師告訴患者不要做什麼呢？選請出所有的選項。

口說_말하기

1 우리 반 친구들은 어디가 자주 아플까요? 아프면 어떻
게 할까요? 조사해 보세요.
我們班上的同學們哪裡常不舒服呢？不舒服的話，會怎麼做
呢？請調查看看。

● 위의 내용을 물어 볼 때 어떻게 질문해야 할까요?
在詢問上面的內容時，應該要怎麼提問呢？

● 반 친구들에게 조사해 보세요.
請向班上同學們調查看看。

이름 姓名	증상 症狀	처방 處方
마이클	감기에 걸리다	병원에 가다

2 환자와 약사가 되어 이야기해 보세요.
請扮演患者和藥劑師的角色，試著說說看。

● 배가 아프거나 감기에 걸렸을 때 여러분에게는 보통
어떤 증세가 나타나요?
在肚子痛或感冒時，各位通常會有什麼症狀呢？

● 다음 증세 중 여러분에게 잘 나타나는 증세 두 가지
이상을 골라 약사에게 어떻게 설명하면 좋을지 생각해
보세요.
請在以下的症狀中，選出兩種以上各位經常出現的症狀，並且想想看要如
何向藥劑師說明。

A. ☐ 배가 아프다　　B. ☐ 감기에 걸렸다
☐ 배탈이 났다　　☐ 머리가 아프다
☐ 소화가 안 되다　☐ 기침을 하다
☐ 토하다　　　　☐ 열이 나다
☐ 설사를 하다　　☐ 콧물이 나다

● 옆 친구가 표시한 증세를 보고 여러분이 약사라면 어떤
처방을 하고 어떤 주의 사항을 줄지 생각해 보세요.
請看看旁邊朋友所標示的症狀，並且想想看，如果各位是藥劑師的話，會
開什麼處方呢？還有各位會提醒他注意什麼？

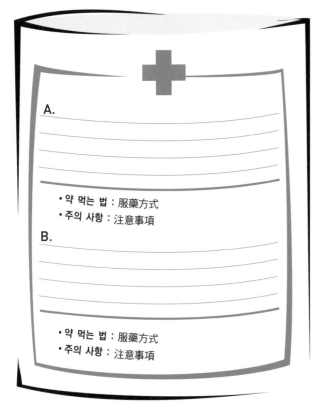

A.

• 약 먹는 법：服藥方式
• 주의 사항：注意事項

B.

• 약 먹는 법：服藥方式
• 주의 사항：注意事項

● 환자와 약사가 되어 이야기해 보세요.
請扮演患者和藥劑師的角色，試著説説看。

 **한국의 약국** 韓國的藥局

● 여러분 나라 사람들은 약국을 자주 이용하는 편입니까? 주로 언제 약국을
이용합니까?
在各位的國家，人們經常使用藥局嗎？主要是在什麼時候使用藥局呢？

 在韓國如果生病的話，各位必須先去給醫生做診斷，之後再從醫生
那裡拿到處方籤，去藥局買藥。這樣藥師就會根據處方籤配藥給各
位。但是，有些種類的藥物（一般藥物，也就是OTC）就算沒有醫
院的處方籤也可以買得到（腸胃藥、止痛藥、急救藥品等）。因為
各位的周邊都有很多的藥局，所以不會有什麼太大的困難就可以輕
鬆地買到藥品。

閱讀_읽기

1 여러분의 구급약 통에는 다음과 같은 약이 들어 있습니다.
설명서를 잘 읽고 맞으면○, 틀리면✕에 표시하세요.

各位的急救箱裡裝有以下的藥品。請仔細閱讀說明書，正確的
話，請標示○。錯誤的話，請標示✕。

1)

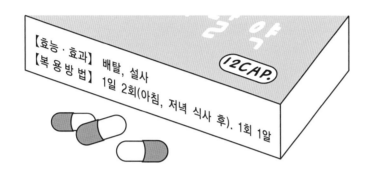

新語彙

효능 效能
효과 效果
복용 방법 服用方法
(2)회 (2)次
(1)알 (1)顆

(1) 이 약은 배가 아플 때 먹는 약이에요.   ○ ✕

(2) 이 약은 하루에 두 번 먹어야 해요.   ○ ✕

2)

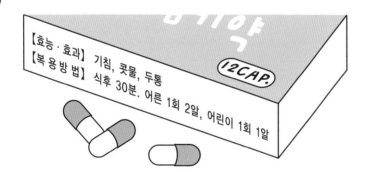

新語彙

두통 頭痛
어른 大人
어린이 小孩

(1) 감기에 걸렸을 때 이 약을 먹으면 돼요.   ○ ✕

(2) 이 약은 하루에 한 번 먹어야 돼요.   ○ ✕

(3) 어린이는 한 번에 한 개를 먹어야 돼요.   ○ ✕

2 다음은 몸이 아파서 학교에 오지 못하는 학생이 친구를 통해 선생님에게 전달한 편지입니다. 잘 읽고 질문에 대답하세요.
以下是因身體不舒服而無法來學校的學生透過朋友轉交給老師的一封信。請在仔細閱讀後，回答問題。

선생님께

선생님, 죄송합니다. 오늘은 아파서 학교에 못

갑니다. 어제부터 머리가 아프고 열이 났습니다.

그리고 콧물도 많이 납니다. 어제 저녁에 약국에

가서 약을 사 먹었습니다. 그리고 잠도 많이 잤

습니다. 그렇지만 아직도 많이 아픕니다. 그래서

오늘은 학교에 안 가고 집에서 쉬려고 합니다.

안녕히 계십시오.

1) 이 사람은 어떻게 아파요? 모두 고르세요.

2) 이 사람은 아파서 어떻게 했어요? 모두 고르세요.

1 여러분이 최근에 아팠던 경험을 써 보세요.
請寫寫看各位最近身體不舒服的經驗。

● 최근에 아팠던 경험에 대해 친구와 이야기해 보세요.
請和朋友說說看最近身體不舒服的經驗。

(1) 언제 아팠어요?

(2) 어디가 어떻게 아팠어요?

(3) 아파서 어떻게 했어요?

● 위에서 이야기한 내용을 바탕으로 여러분이 아팠던
경험을 글로 써 보세요.
請以上方所說的內容為基礎，將各位之前不舒服的經驗寫成一篇文章。

자기 평가 ✏

自我評價

● 증상을 설명할 수 있습니까?
各位能說明症狀嗎？

非常棒 ●━━━●━━━●━━━● 待加強

● 약국을 이용할 수 있습니까?
各位會使用藥局嗎？

非常棒 ●━━━●━━━●━━━● 待加強

● 증상을 설명하는 글을 읽고 쓸 수 있습니까?
各位能讀懂，並且寫出說明症狀的文章嗎？

非常棒 ●━━━●━━━●━━━● 待加強

1 **-아 / 어 / 여도 되다**

● 接在動詞的語幹後，如同「做～也行嗎?」、「做～也行。」一樣，在尋求對方的許可，或者許可對方做什麼事情的時候使用。

● 這可分為以下三種形態。

　　a. 動詞語幹的最後一個母音是以「ㅏ」或者「ㅗ」結尾時，使用「-아도 되다」。

　　b. 動詞語幹的最後是以「ㅏ」或者「ㅗ」以外的母音結尾時，使用「-어도 되다」。

　　c. 以「하다」來說，正確的表現為「하여도 되다」。但是，一般更常使用「해도 되다」。

(1) 가 : 여기 앉아도 돼요?　坐這裡也行嗎？

　　나 : 앉으세요 .　請坐。

(2) 가 : 들어가도 돼요?

　　나 : 안 돼요. 잠시 후에 들어가세요.

(3) 가 : 이 책 좀 봐도 돼요?

　　나 : 네, 봐도 돼요.

(4) 가 : 사진을 찍어도 돼요?

　　나 : 죄송합니다. 여기에서는 안 됩니다.

(5) 가 : _____ ?

　　나 : 네, 해도 돼요.

(6) 가 : _____ ?

　　나 : 안 돼요.

> **■ 新語彙**
>
> 잠시　暫時

2 **-(으)면 안 되다**

● 接在動詞的語幹後，表現不允許做什麼動作的意思。

● 依照動詞語幹的最後一個字，使用上可分為兩種形態。

　　a. 動詞的語幹如果是以母音或者子音「ㄹ」結尾時，使用「-면 안 되다」。

　　b. 動詞的語幹如果是以「ㄹ」以外的子音結尾時，則使用「-으면 안 되다」。

(1) 가 : 여기에서 사진을 찍어도 돼요?　在這裡照相也行嗎？

　　나 : 안 돼요.　不行。

(2) 가 : 내일 모임에 안 가도 되지요?

　　나 : 안 오면 안 돼요. 꼭 오세요.

(3) 가 : 이쪽으로 가면 안 돼요. 돌아가세요.

　　나 : 왜요? 공사 중이에요?

(4) 이 의자에 앉으면 안 돼요. 조금 전에 페인트를
　　칠했어요.

(5) 감기약을 먹고

　　_____.

(6) 비가 많이 와요.

　　_____.

3 −지 말다

- 接在動詞的語幹後，有「不要做什麼」的意思。

- 因為這是命令句，所以只能接在動詞的語幹後，
  但是「아프다」（生病）是例外。

(1) 가 : 들어가도 돼요?　進去也行嗎？

　　나 : 안 돼요. 들어오지 마세요.　不行，請不要進來。

(2) 가 : 버스를 타고 갈 거예요.

　　나 : 버스를 타지 마세요. 길이 많이 막혀요.

(3) 가 : 내일 약속이 몇 시예요?

　　나 : 두 시예요. 늦지 마세요.

(4) 밖에 나가지 말고 푹 쉬세요.

(5) 아기가 자요. _____.

(6) 벌써 12시예요. _____.

4 −(으)ㄴ 후에

- 接在動詞的語幹後，有「做了什麼之後」的意思。

- 依照動詞語幹的最後一個字，使用上可分為兩種形態。
  a. 動詞的語幹如果是以母音或者子音「ㄹ」結尾時，使用「-ㄴ 후에」。
  b. 動詞的語幹如果是以「ㄹ」以外的子音結尾時，則使用「-은 후에」。

  수업이 끝난 후에 만나요. 下課後見面吧！

  밥을 먹은 후에 이 약을 드세요. 請用餐後服用這個藥物。

- 在對話當中，常以「-고 나서」來代替「-(으)ㄴ 후에」使用。

  수업이 끝나고 나서 갈게요. 下課後過去。

  밥을 먹고 나서 이 약을 드세요. 請用餐後服用這個藥物。

(1) 학교를 졸업한 후에 뭘 할 거예요? 學校畢業後要做什麼呢？

(2) 이 책이 아주 재미있어요. 내가 읽은 후에 빌려 줄게요.

(3) 이따가 수업이 끝나고 나서 만나요.

(4) 저는 이 일을 다 하고 나서 갈게요.

(5) 손을 씻은 후에 _____.

(6) _____ 만납시다.

◀新語彙

| 이따가 | 等一會兒 |
| 씻다 | 洗 |

⑤ –기 전에

● 接在動詞的語幹後，表現「做什麼之前」的意思。

◀新語彙

| 아침밥 | 早餐 |

(1) 손님이 오기 전에 청소합시다. 在客人來之前打掃吧！

(2) 나는 자기 전에 우유를 한 잔 마셔요.

(3) 한국에 오기 전에 무슨 일을 했어요?

(4) 오늘은 린다 씨 생일이에요. 그래서 린다 씨 집에 가기 전에 선물을 사야 돼요.

(5) 저는 아침밥을 먹기 전에 _____.

(6) _____ 빨리 갑시다.

MEMO

聽力脚本 듣기 대본

제1과 자기소개

1

1) 가: 학생이에요?
　나: 네, 학생이에요.
2) 가: 수미 씨는 회사원이에요?
　나: 아니요, 저는 선생님이에요.
3) 가: 일본 사람이에요?
　나: 아니요, 중국 사람이에요.
4) 가: 어느 나라에서 왔어요?
　나: 호주에서 왔어요.

2

1) 안녕하십니까? 저는 마이클 프린스입니다.
　미국에서 왔어요. 저는 회사원이에요.
2) 안녕하십니까? 저는 주자명이에요.
　중국에서 왔어요. 저는 대학생이에요.

3

수잔 리: 안녕하세요. 저는 수잔 리예요.
타우픽: 안녕하세요. 저는 타우픽입니다.
수잔 리: 타우픽 씨는 어느 나라에서 왔어요?
타우픽: 저는 태국에서 왔어요.
　　　　수잔 씨는 어느 나라에서 왔어요?
수잔 리: 저는 캐나다에서 왔어요.
타우픽: 학생이에요?
수잔 리: 아니요, 저는 회사원이에요.
　　　　타우픽 씨는 학생이에요?
타우픽: 네, 저는 대학원생이에요.

제2과 일상생활 I

1

1) 가: 어디 가요?
　나: 학교에 가요.
2) 가: 어디 가요?
　나: 식당에 가요.
3) 가: 은행에 가요?
　나: 네, 은행에 가요.
4) 가: 회사에 가요?
　나: 아니요, 우체국에 가요.

2

1) 가: 지금 뭐 해요?
　나: 커피를 마셔요.
2) 가: 무엇을 해요?
　나: 음악을 들어요.
3) 가: 텔레비전을 봐요?
　나: 아니요, 신문을 읽어요.
4) 가: 전화를 해요?
　나: 네, 전화를 해요.

3

마이클 : 유코 씨, 오늘 뭐 해요?
유　코 : 한국어를 공부해요. 그리고 친구를 만나요.
　　　　마이클 씨는 뭐 해요?
마이클 : 나는 편지를 써요. 그리고 우체국에 가요.

제3과 물건 사기

1

1) 가: 아저씨, 우유 있어요?
　나: 네, 있어요.
2) 가: 콜라 한 병 주세요.
　나: 여기 있어요.
3) 가: 아저씨, 라면 있어요?
　나: 네, 있어요.
　가: 그러면, 라면 세 개 주세요.
4) 가: 비누 한 개 주세요.
　나: 여기 있어요.
　가: 그리고 휴지 한 개 주세요.

2

1) 가: 뭘 드릴까요?
　나: 라면 세 개하고 콜라 한 병 주세요.
2) 가: 비누 있어요?
　나: 네, 있어요.
　가: 비누 두 개 주세요. 그리고 휴지 네 개 주세요.

3

점원: 어서 오세요. 뭘 드릴까요?

손님: 라면 있어요?

점원: 네, 있어요.

손님: 얼마예요?

점원: 천 원이에요.

손님: 그러면 라면 세 개하고 치약 한 개 주세요.

점원: 여기 있어요. 모두 오천오백 원입니다.

손님: 여기 있어요.

제4과 일상생활 II

CD1. track 19

1

1) 가: 어제 공원에 갔어요?

　나: 아니요, 오늘 갔어요.

2) 가: 마이클 씨, 한국어 수업이 언제 있어요?

　나: 오후에 있어요.

3) 가: 몇 시에 일어나요?

　나: 여섯 시에 일어나요.

2

아만다: 케빈 씨, 오늘 바빠요?

케　빈: 네, 좀 바빠요.

아만다: 수업이 있어요?

케　빈: 네, 한국어 수업하고 역사 수업이 있어요.

아만다: 몇 시에 끝나요?

케　빈: 네 시에 끝나요.

아만다: 그러면 저녁에 시간 있어요?

케　빈: 미안해요. 저녁에도 시간이 없어요.

제5과 위치

CD1. track 22

1

1) 가방이 책상 위에 있어요.

2) 텔레비전이 침대하고 책상 사이에 있어요.

3) 침대 위에 고양이가 있어요.

4) 거울이 시계 앞에 있어요.

2

1) 가: 커피숍이 어디에 있어요?

　나: 식당 위에 있어요.

2) 가: 극장이 어디에 있어요?

　나: 서점 옆에 있어요.

3) 가: 우체국이 사진관 밑에 있어요?

　나: 아니요, 사진관하고 백화점 사이에 있어요.

4) 가: 병원이 어디에 있어요?

　나: 은행 건너편에 있어요.

3

가: 영미 씨, 이 근처에 우체국이 있어요?

나: 네, 있어요. 저기 서울 빌딩 보여요?

가: 네, 보여요.

나: 서울 빌딩 앞에서 길을 건너가세요.

가: 서울 빌딩 앞에서 길을 건너가요?

나: 네, 서울 빌딩 건너편에 서점이 있어요.

　　우체국은 서점하고 병원 사이에 있어요.

제6과 음식

CD2. track 3

1

1) 가: 영진 씨, 뭐 먹을래요?

　나: 저는 삼계탕을 먹을래요. 민정 씨는 뭐 드실래요?

　가: 저는 된장찌개를 먹을래요.

　나: 여기요, 삼계탕 하나, 된장찌개 하나 주세요.

2) 종업원: 뭘 드시겠어요?

　손 님 1: 저는 비빔밥을 주세요.

　손 님 2: 저는 김밥 주세요.

　종업원: 비빔밥 하나, 김밥 하나요? 잠시만 기다리세요.

3) 가: 민정 씨, 뭐 마실래요?

　나: 저는 커피 마실래요. 영진 씨는 뭐 마실래요?

　가: 저도 커피 마실래요. 여기요, 커피 두 잔 주세요.

2

종업원: 뭐 드시겠어요?

케　빈: 잠시만요. 영진 씨, 우리 불고기 먹을래요?

영　진: 아니요. 어제도 불고기를 먹었어요.

　　　　오늘은 찌개를 먹을래요.

케　빈: 그래요? 그럼 무슨 찌개를 먹을래요?

영　진: 음, 김치찌개 먹을래요. 케빈 씨는요?

케　빈: 김치찌개는 좀 매워요. 저는 된장찌개를 먹을래요.

　　　　여기 김치찌개하고 된장찌개 주세요.

제7과 약속

CD2. track 6

1

1) 가: 린다 씨, 토요일에 시간 있어요?

　나: 토요일에는 바빠요. 일요일에는 시간이 있어요.

　가: 그럼 일요일에 만나요.

2) 가: 마이클 씨, 내일 바빠요?

　　나: 아니요, 괜찮아요.

　　가: 그럼 오후에 만나요.

3) 가: 내일 어디에서 만날까요?

　　나: 서울 커피숍이 어때요?

　　가: 좋아요. 서울 커피숍에서 만나요.

4) 가: 버스 정류장에서 만날까요?

　　나: 버스 정류장에 사람이 너무 많아요.

　　　　서울 은행 앞에서 만나요.

　　가: 네, 서울 은행 앞에서 만나요.

2

1) 가: 수미 씨, 토요일에 시간 있어요?

　　나: 토요일에 약속이 있어요.

　　가: 그럼 일요일은 어때요?

　　나: 미안해요. 일요일에도 바빠요.

　　가: 그래요? 그럼 다음에 만나요.

2) 가: 진수 씨, 내일 시간 있어요?

　　나: 내일은 좀 바빠요. 일이 많아요.

　　가: 저녁에도 시간이 없어요?

　　나: 저녁 여덟 시쯤은 괜찮아요.

　　가: 그럼 저녁 여덟 시에 여기에서 만나요.

　　나: 네, 좋아요.

3

가: 수미 씨, 오늘 오후에 시간 있어요?

나: 오늘은 시간이 없어요.

　　린다 씨하고 영화를 보러 갈 거예요.

가: 그럼 내일은 어때요?

　　수미 씨하고 이야기를 좀 하고 싶어요.

나: 내일은 괜찮아요. 내일 만나요.

가: 그럼 내일 오후 한 시에 만날까요?

나: 어디에서 만날까요?

가: 서울 식당에서 만나요. 같이 점심을 먹고 이야기해요.

나: 좋아요. 그럼 내일 만나요.

제8과 날씨

CD2. track 9

1

1) 가: 오늘 날씨 어때요?

　　나: 맑아요.

2) 가: 비가 와요?

　　나: 아니요, 흐려요.

3) 가: 추워요?

　　나: 네, 너무 추워요.

4) 가: 오늘 날씨 좋아요?

　　나: 아니요, 바람이 많이 불어요.

2

1) 오늘의 날씨입니다. 오늘은 오전에 흐리고 오후에
　　비가 오겠습니다.

2) 내일의 날씨입니다. 내일은 맑겠습니다. 그렇지만
　　바람이 많이 불어서 조금 춥겠습니다.

3

가: 오늘 날씨 참 좋지요?

나: 네, 한국의 가을은 날씨가 정말 좋아요.

가: 밍밍 씨는 어느 계절을 좋아해요?

나: 저는 겨울을 좋아해요.

가: 왜 겨울을 좋아해요?

나: 스키를 탈 수 있어서 좋아요. 마이클 씨는 어느
　　계절을 좋아해요?

가: 겨울은 너무 추워서 싫고, 여름은 너무 더워서
　　싫어요. 그래서 저는 봄과 가을이 좋아요.

제9과 주말 활동

CD2. track 12

1

1) 가: 주말에 뭐 했어요?

　　나: 집에서 쉬었어요.

2) 가: 일요일에 뭐 했어요?

　　나: 등산을 했어요.

3) 가: 토요일에 뭐 할 거예요?

　　나: 집에서 청소하고 빨래할 거예요.

4) 가: 이번 주말에 뭐 할 거예요?

　　나: 친구하고 여행을 가려고 해요.

2

가: 영진 씨, 주말에 뭐 했어요?

나: 동대문시장에 갔어요.

가: 동대문시장에 가서 뭐 했어요?

나: 옷을 샀어요. 린다 씨는 뭐 했어요?

가: 저는 박물관에 갔어요.

나: 그래요? 좋았어요?

가: 네, 아주 좋았어요.

③

가: 미영 씨, 주말에 뭐 할 거예요?

나: 토요일에는 친구하고 약속이 있고, 일요일에는
   집에서 쉬려고 해요.

가: 그럼, 일요일에 한강 공원에 갈래요?

나: 한강 공원이요? 저는 아직 한강 공원에 못 가 봤어요.
   그런데 거기에 가서 뭐 해요?

가: 일요일에 한강 공원에서 콘서트를 해요.
   우리 공원에 가서 콘서트를 봐요.

나: 좋아요. 같이 가요.

제10과 교통

CD2. track 15

1) 가: 뭘 타고 왔어요?
   나: 택시를 타고 왔어요.

2) 가: 회사에 뭘 타고 다녀요?
   나: 지하철을 타고 다녀요.

3) 가: 고속 버스를 타고 갈까요?
   나: 아니요, 기차를 타고 가요.

4) 가: 부산에 뭘 타고 갈 거예요?
   나: 비행기를 타고 갈 거예요.

②

가: 영숙 씨, 어디에 살아요?

나: 신촌에 살아요.

가: 그럼 학교에 지하철을 타고 와요?

나: 네, 지하철을 타고 와요.

가: 집에서 학교까지 시간이 얼마나 걸려요?

나: 1시간쯤 걸려요. 교코 씨는 집이 가깝지요?

가: 네, 나는 학교 근처에 살아요.
   그래서 걸어다녀요.
   학교까지 십 분쯤 걸려요.

③

가: 영진 씨, 남대문시장에 어떻게 가야 돼요?

나: 학교 앞에서 오백 번을 타고 가세요.

가: 지하철은 없어요?

나: 지하철도 있어요. 그런데, 갈아타야 돼요.

가: 어디에서 갈아타야 돼요?

나: 여기에서 일 호선을 타고 가세요.
   그리고 동대문에서 사 호선으로 갈아타세요.

가: 시간이 얼마나 걸려요?

나: 사십 분쯤 걸릴 거예요.

제11과 전화

CD2. track 18

①

1) 가: 여보세요. 고려 식당이 몇 번이에요?
   나: 네, 문의하신 번호는 725-1439,
      칠이오의 일사삼구입니다.

2) 가: 여보세요. 서울 극장이 몇 번이에요?
   나: 네, 문의하신 번호는 453-3028,
      사오삼의 삼공이팔입니다.

3) 가: 네, 안내입니다.
   나: 힐튼 호텔 전화 번호가 어떻게 돼요?
   가: 네, 문의하신 번호는 754-2510,
      칠오사의 이오일공입니다.

4) 가: 네, 안내입니다.
   나: 고려 대학교요.
   가: 네, 문의하신 번호는 3290-2741,
      삼이구공의 이칠사일입니다.

5) 가: 네, 안내입니다.
   나: 서울 병원이 몇 번이에요?
   가: 네, 문의하신 번호는 654-4300,
      육오사의 사삼공공입니다.

6) 가: 네, 안내입니다.
   나: 하나 여행사 좀 부탁합니다.
   가: 네, 문의하신 번호는 2178-9530,
      이일칠팔의 구오삼공입니다.

②

1) 가: 여보세요. 진호 씨 집이지요?
   나: 네, 그런데요.
   가: 진호 씨 좀 바꿔 주세요.
   나: 잠깐만 기다리세요.

2) 가: 여보세요. 이 선생님 댁이지요?
   나: 아닌데요. 잘못 걸었어요.
   가: 죄송합니다.

3) 가: 여보세요. 수미 씨 집이지요?
   나: 전데요. 실례지만 누구세요?
   가: 수미 씨, 저 마이클이에요.

4) 가: 여보세요. 이수영 씨 좀 바꿔 주세요.
   나: 이수영 씨 지금 없는데요.
   가: 언제 들어와요?
   나: 삼십 분 후에 다시 전화하세요.

3

마이클: 여보세요. 거기 김수미 씨 집이지요?

린　다: 네, 그런데요.

마이클: 김수미 씨 좀 부탁합니다.

린　다: 실례지만 누구세요?

마이클: 저는 수미 씨 친구 마이클입니다.

린　다: 네, 잠깐만 기다리세요.

　　　　수미 씨, 전화 받으세요.

수　미: 여보세요.

마이클: 수미 씨, 저 마이클이에요.

수　미: 아, 마이클 씨. 웬일이에요?

마이클: 수미 씨, 이번 주 토요일에 시간 있어요?

　　　　저하고 사토 씨는 등산을 갈 거예요.

　　　　수미 씨도 같이 갈래요?

수　미: 같이 가고 싶어요.

　　　　그런데 저는 토요일에 학교에 가야 돼요.

마이클: 그래요? 그럼 다음에 같이 가요.

　　　　또 전화할게요.

수　미: 네, 고마워요. 안녕히 계세요.

마이클: 네, 안녕히 계세요.

제12과 취미

CD2. track 21

1

1) 가: 등산 좋아해요?

　　나: 네, 등산하는 것을 좋아해요.

2) 가: 취미가 뭐예요?

　　나: 제 취미는 사진 찍는 거예요.

3) 가: 취미가 뭐예요?

　　나: 음악을 듣는 것이에요.

4) 가: 영화 보는 것을 좋아해요?

　　나: 네, 영화 보는 거 좋아해요.

2

1) 가: 춤추는 것을 좋아해요?

　　나: 아니요, 안 좋아해요. 그래서 거의 안 춰요.

　　가: 그럼 노래 부르는 것은 좋아해요?

　　나: 네, 노래를 부르는 것은 좋아해서 자주 불러요.

2) 가: 등산하는 것을 좋아해요?

　　나: 네, 등산하는 것이 제 취미예요.

　　가: 등산을 자주 가요?

　　나: 요즘은 바빠서 자주 못 가요. 대신 산책을 자주

　　　　해요.

3) 가: 테니스를 얼마나 자주 쳐요?

　　나: 일주일에 세 번쯤 쳐요.

　　가: 축구는 얼마나 자주 해요?

　　나: 축구는 일주일에 한 번쯤 해요.

3

가: 성준 씨는 취미가 뭐예요?

나: 내 취미는 테니스 치는 거예요.

　　중학교 때부터 테니스를 쳤어요.

가: 테니스를 자주 쳐요?

나: 네, 일주일에 세 번쯤 쳐요.

　　교코 씨, 주말에 같이 테니스 칠래요?

가: 나는 테니스를 못 쳐요.

　　그 대신 우리 영화 보러 가는 게 어때요?

나: 좋아요.

제13과 가족

CD2. track 24

1

1) 우리 가족을 소개하겠습니다. 저는 십 년 전에 결혼을

　　했습니다. 우리 가족은 아내와 아들 하나, 딸 둘,

　　그리고 저, 모두 다섯 명이에요.

2) 이것은 우리 가족 사진이에요. 할아버지, 부모님, 나,

　　그리고 남동생이에요. 할머니는 작년에 돌아가셨어요.

3) 우리 가족을 소개할게요. 할머니와 할아버지,

　　아버지와 나, 그리고 누나예요. 어머니는 안 계세요.

2

가: 사토 씨, 가족이 어떻게 되세요?

나: 아내와 딸 두 명이 있어요.

가: 지금 가족과 함께 서울에서 사세요?

나: 네.

가: 부모님은요?

나: 아버지는 삼 년 전에 돌아가셨고, 어머니는 일본에

　　계세요.

가: 그럼 언제 일본에 돌아가실 거예요?

나: 내년 칠월에 돌아갈 거예요.

3

안녕하세요? 린다 테일러예요. 우리 가족을 소개할게요.
우리 가족은 모두 네 명이에요. 부모님하고 언니 한 명이
있어요. 할아버지와 할머니는 모두 돌아가셨어요. 저는
지금 서울에서 한국어를 공부하고 있고, 부모님께서는

뉴욕에 사세요. 아버지는 의사이시고 어머니는 주부세요. 언니는 결혼해서 로스앤젤레스에 살아요.

제14과 우체국 · 은행

CD2. track 27

1

1) 가: 어떻게 오셨습니까?
  나: 미국에 편지를 보내려고 합니다.
2) 가: 소포를 보내려고 하는데요.
  나: 이 위에 올려놓으십시오.
3) 가: 돈을 찾으려고 하는데요.
  나: 그럼 이 신청서를 쓰고 서명하십시오.
4) 가: 어서 오십시오. 뭘 하실 겁니까?
  나: 환전을 하려고 합니다.

2

가: 어떻게 오셨습니까?
나: 통장을 만들려고 합니다.
가: 그러면 이 신청서를 쓰시고, 서명하십시오.
  그리고 신분증도 주십시오.
나: 여권도 괜찮지요?
가: 네, 괜찮습니다. 현금 카드도 만들어 드릴까요?
나: 네, 현금 카드도 만들어 주십시오.

3

가: 어서 오십시오. 뭘 하실 겁니까?
나: 일본으로 소포를 보내려고 합니다.
가: 이 위에 올려놓으십시오.
  오천구백 원입니다.
나: 여기 있습니다.
  그런데 일본까지 얼마나 걸립니까?
가: 사흘쯤 걸립니다.
  그런데 보내는 사람의 주소를 안 썼네요.
  여기에 보내는 사람의 주소를 쓰십시오.
나: 알겠습니다.

제15과 약국

CD2. track 30

1

1) 가: 어떻게 오셨어요?
  나: 배가 아파요.
2) 가: 어디가 아프세요?
  나: 허리가 아파요.

3) 가: 어떻게 아프세요?
  나: 팔이 아파요.

2

가: 여보세요. 사토 씨, 저 린다예요.
나: 아, 네. 린다 씨.
가: 사토 씨, 오늘 왜 학교에 안 왔어요? 아팠어요?
나: 네, 배가 좀 아팠어요.
  토하고 설사하고 정말 힘들었어요.
가: 그랬어요? 지금은 어때요?
나: 오전에 병원에 갔다 와서 지금은 괜찮아요.
가: 식사는 했어요?
나: 아니요. 오늘은 밥을 먹으면 안 돼요.
가: 그래요? 음, 그럼 오늘 푹 쉬세요.
  그리고 내일 학교에서 만나요.
나: 네, 걱정해 줘서 고마워요.

3

가: 어떻게 오셨어요?
나: 감기에 걸렸어요.
가: 어떻게 아프세요?
나: 목이 아프고 기침을 계속 해요.
가: 머리는 괜찮아요?
나: 머리도 좀 아파요.
가: 그러면 이 약을 드세요.
  밖에 나가지 말고 집에서 푹 쉬세요.

正確解答 정답

제1과 자기소개

〔듣기〕
1 1)① 2)② 3)② 4)②
2 1) 미국, 회사원 2) 중국, 학생
3 1) 캐나다, 회사원 2) 태국, 대학원생

〔읽기〕
1 이름: 이진수, 직업: 회사원
2 이름: 김수미, 국적: 한국, 직업: 학생(대학생)

제2과 일상생활 Ⅰ

〔듣기〕
1 1)d 2)e 3)a 4)b
2 1)c 2)a 3)b 4)f
3

	유코	마이클
학교에 가요.		
우체국에 가요.		✓
친구를 만나요.	✓	

〔읽기〕
1 (1) 식당(진주식당)에 가요. (2) 우체국에 가요.
(3) 가게(하나로 슈퍼)에 가요. (4) 학교(고려 대학교)에 가요.
(5) 은행(국민 은행)에 가요.
2 a, d

제3과 물건 사기

〔듣기〕
1 1)a 2)c 3)f 4)d,e
2 1)③ 2)②
3 1)④ 2)③

〔읽기〕
1 1)○ 2)× 3)× 4)×

제4과 일상생활 Ⅱ

〔듣기〕
1 1)② 2)② 3)①
2 1)② 2)① 3)②

〔읽기〕
1

> 오늘은 오전에 수업이 있었어요. 열두 시에 수업이
> (○)
> 끝났어요. 나는 점심을 먹고 도서관에 갔어요. 그리
> (○)
> 고 저녁 일곱 시까지 도서관에서 공부를 했어요. 그
> (×)
> 리고 학교에서 삼십 분쯤 조깅을 했어요. 여덟 시쯤
> (×)   (×)
> 집에 왔어요. 저녁을 먹고 경미 씨에게 편지를 써요.
> (×)

제5과 위치

〔듣기〕
1 1)× 2)× 3)○ 4)×
2 1)c 2)a 3)f 4)d
3 c

〔읽기〕
1 c

제6과 음식

〔듣기〕
1 1)

김치찌개	
된장찌개	✓
삼계탕	✓
불고기	

2)

김밥	✓
라면	
비빔밥	✓
냉면	

3)

커피	✓
우유	
주스	
콜라	

2 1)× 2)○ 3)○

〔읽기〕
1 1)a, b, d, e, f
2)(1)× (2)○ (3)○
2 1)① 2)④

제7과 약속

〔듣기〕
1 1)② 2)② 3)② 4)①
2 1)② 2)①
3 1)③ 2)③

〔읽기〕
1 1) 린다 씨하고 음악회에 같이 가고 싶어서 이메일을
보냈어요.
2) 토요일 오후 2시 30분, 극장 앞

제8과 날씨

〔듣기〕
1 1)g 2)f 3)c 4)e
2 1)② 2)③
3 1)× 2)× 3)○

〔읽기〕
1 (1)○ (2)○ (3)× (4)○
2 1) 4월, 송끄란 축제가 있어서
2)③

제9과 주말 활동

〔듣기〕

① 1) c   2) b   3) e   4) a

② 영진 = d , 린다 = a

③ 1) 토요일 = 친구를 만나요. 일요일 = 집에서 쉬어요.
　 2) (1) ×   (2) ○   (3) ×

〔읽기〕

① (1) ×   (2) ○   (3) ○   (4) ○

제10과 교통

〔듣기〕

① 1) b   2) a   3) c   4) f

② 영숙 ― 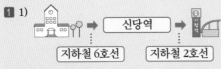 ― 1시간, 교코 ― ― 10분

③ a, c

〔읽기〕

① 1)

　 2) (1) ×   (2) ×

제11과 전화

〔듣기〕

① 1) 725-1439   2) 453-3028   3) 754-2510
　 4) 3290-2741   5) 654-4300   6) 2178-9530

② 1) ○   2) ×   3) ○   4) ×

③ 1) 수미 씨하고 등산을 가고 싶어서
　 2) 마이클 씨는 등산을 갈 거예요.
　　 수미 씨는 학교에 가야 돼요.

〔읽기〕

① ㉠ 또 다른 것(others)   ㉡ 더 많이(more)

제12과 취미

〔듣기〕

① 1) b   2) c   3) f   4) a

② 1) b   2) a   3) a

③ 1) ②   2) ③   3) ②

〔읽기〕

① 1) ②
　 2) (1) ×   (2) ○   (3) ×

제13과 가족

〔듣기〕

① 1) a   2) b   3) c

② 1) 두 명   2) 서울   3) 아버지

③ 1) ×   2) ×   3) ×

〔읽기〕

① (1) 한 명
　 (2) 아버지 = 공무원, 어머니 = 선생님
　 (3) 아니요, 같이 안 살아요.
　 (4) 많아요. 그렇지만

제14과 우체국·은행

〔듣기〕

① 1) 편지를 보내다   2) 소포를 보내다
　 3) 돈을 찾다   　　4) 환전하다

② c

③ 1) 소포   2) ②

〔읽기〕

① 1) 최동호 씨가 김영우 씨에게
　 2) 받는 사람이 높은 사람일 때

②

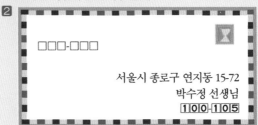

제15과 약국

〔듣기〕

① 1) b   2) a   3) d

② 1) ○   2) ○   3) ×   4) ×

③ 1) a, d   2) a, c

〔읽기〕

① 1) (1) ○   (2) ○
　 2) (1) ○   (2) ×   (3) ○

② 1) b, c, d   2) a, c

索引 찾아보기

國家圖書館出版品預行編目資料

高麗大學韓國語 1 / 高麗大學韓國語文化教育中心編著；
朴炳善、陳慶智翻譯
--初版--臺北市：瑞蘭國際, 2012.12
1冊；21 x 29.7公分--（外語學習系列；04）
ISBN：978-986-5953-18-8（第1冊：平裝）
1.韓語 2.讀本

803.28   101021151

外語學習系列 04

高麗大學韓國語 ①

編著｜高麗大學韓國語文化教育中心、金貞淑、鄭明淑‧翻譯、審訂｜朴炳善、陳慶智
責任編輯｜潘治婷‧校對｜朴炳善、陳慶智、潘治婷‧排版｜陳如琪、余佳憓

瑞蘭國際出版

董事長｜張暖彗‧社長兼總編輯｜王愿琦
編輯部
副總編輯｜葉仲芸‧主編｜潘治婷
設計部主任｜陳如琪
業務部
經理｜楊米琪‧主任｜林湲洵‧組長｜張毓庭

出版社｜瑞蘭國際有限公司‧地址｜台北市大安區安和路一段104號7樓之1
電話｜(02)2700-4625‧傳真｜(02)2700-4622‧訂購專線｜(02)2700-4625
劃撥帳號｜19914152 瑞蘭國際有限公司‧瑞蘭國際網路書城｜www.genki-japan.com.tw

法律顧問｜海灣國際法律事務所　呂錦峯律師

總經銷｜聯合發行股份有限公司‧電話｜(02)2917-8022、2917-8042
傳真｜(02)2915-6275、2915-7212‧印刷｜科億印刷股份有限公司
出版日期｜2012年12月初版1刷‧定價｜550元‧ISBN｜978-986-5953-18-8
　　　　　2024年02月六版2刷

 本書採用環保大豆油墨印製